觉。为人臣者不可以不知《春秋》，否则就只会株守常规而不懂因事制宜，遇到突发事件也不知如何灵活应对。做人君、人父若不通晓《春秋》的要义，必定会蒙受首恶之名。做人臣、人子如不通晓《春秋》的要义，必定会陷于弑君篡位而被诛伐的境地，并被冠以死罪之名。其实他们都认为是好事而去做，只因为不懂得春秋大义，而蒙受史家口诛笔伐的不实之言却又无法推卸罪名。如不明了礼义的要旨，就会发展到君不像君、臣不像臣、父不像父、子不像子的地步。君不像君，就会被臣下干犯；臣不像臣，就会横遭诛戮；父不像父，就会昏聩无道；子不像子，就会忤逆不孝。这四种恶行，是天下最大的罪过。把天下最大的罪过加在他们身上，他们也只好接受而不敢推卸。所以《春秋》这部经典是礼义的根本准则。礼的作用是防患于未然，法的作用是除恶于已然。法的除恶作用显而易见，而礼的防患作用则隐而难知。

点评

《太史公自序》作为《史记》的最后一篇，是全书提要钩玄的总序，也是司马迁匠心独运的自传。不仅将一部《史记》总括于此，太史公一生本末也备见于斯。它行文气势浩瀚，立意宏伟深厚，既是可供欣赏品读的佳作，也是研究司马迁其人其书的必要参考。

这段选文是司马迁在《自序》中回答好友——上大夫壶遂提问时所说。标题为编者所拟。他高度评价了孔子编订的《春秋》，将其视为拨乱反正、匡时济世的力作和一部集礼义之大成的史书。同时借以阐明《史记》的功用，即效法《春秋》，为后王立法，为人伦立准则，起礼义大宗的作用。

《春秋》中蕴含了丰富的礼制思想，即孔子所尊崇的别嫌疑、明是非、善善恶恶、贤贤贱不肖，明君臣父子之道，辨人伦行事之则。它虽然是为了维护宗法关系下的等级制度，却在一定程度上起到了保障社会和谐稳定的作用，从而实现民富国强、上下相亲、民睦民顺。文中，司马迁还列举了不通晓《春秋》要义所带来的恶果。

中华民族自古就是一个重“礼”、尚“礼”的民族。孔子说：“不学礼，无以立。”荀子说：“人无礼则不生，事无礼则不成，国家无礼则不宁。”如今，中国作为礼仪之邦，发扬传统礼制思想中的精华，对建设“礼宜乐合”的社会秩序，实现“礼法合治”的施政格局，形成“万邦协和”的国际关系，有着重要意义。

愚公谷

〔汉〕刘向

齐桓公出猎，逐鹿而走。入山谷之中，见一老公而问之曰："是为何谷？"对曰："为愚公之谷。"桓公曰："何故？"对曰："以臣名之。"桓公曰："今视公之仪状，非愚人也，何为以公名之？"对曰："臣请陈之。臣故畜牸牛[①]，生子而大，卖之而买驹。少年曰：'牛不能生马。'遂持驹去。傍邻闻之，以臣为愚，故名此谷为愚公之谷。"桓公曰："公诚愚矣，夫何为而与之？"桓公遂归。明日朝，以告管仲。管仲正衿再拜曰[②]："此夷吾之愚也[③]。使尧在上，咎繇为理[④]，安有取人之驹者乎？若有见暴如是叟者，又必不与也。公知狱讼之不正，故与之耳。请退而修政。"孔子曰："弟子记之，桓公，霸君也，管仲，贤佐也，犹有以智为愚者也，况不及桓公、管仲者也？"（《说苑·政理》）

注释

① 牸（zì）牛：母牛。

② 正衿（jīn）：整理好衣服。衿：衣襟。

③ 夷吾：管仲的字。

④ 咎繇（yáo）：皋陶。

大意

齐桓公外出打猎，追赶鹿而跑入山谷之中，看见一位老翁，就问他："这叫什么山谷？"那人回答："叫作愚公谷。"桓公问："为什么叫这个名字？"回答说："因我而得名。"桓公说："现在看您的相貌，不像愚蠢的人，为什么您叫'愚公'呢？"老翁回答说："请让我告诉您吧。我原来养了一头母牛，母牛生了牛犊，牛犊长大后，我卖了它，买了一匹马驹。一个少年说：'牛不能生马。'就牵走了我的马驹。邻居听说了这件事，认为我很愚蠢，所以把这个山谷命名为愚公谷。"桓公说："您真的很愚蠢！您为什么就把马驹给了他呢？"说完桓公就回宫了。次日上朝，桓公把这件事告诉了管仲。管仲整理好衣服拜了两拜说："这说明我管仲愚蠢啊。假使尧做君主，咎繇掌管司法，怎会有抢走人家马的事情呢？即便有人遇到像这位老翁一样的侵凌事件，也一定不会就那样把马交出去。老翁知道诉讼不公正，告官也无用，所以就把马给了对方。请让我下去好好地整顿政事。”孔子说：“弟子们记住，桓公是成就霸业的君主，管仲是贤良的辅佐，尚且会把智者当作愚蠢的人，何况比不上桓公、管仲的人呢？”

点评

齐桓公、管仲、孔子，对“愚公”的评价非常有趣：桓公看到表层，做出了符合一般常理的判断——老人确实“愚”；管仲洞悉深层，见微知著，自责曰“此夷吾之愚”，百姓受屈，不正是从政者治理有欠缺的表现吗？孔子则说桓公君臣“以智为愚”，意思是说，这位老人根本不傻不愚，而是假托解释地名，用寓言进行讽刺，暗指司法不公。作者的用意，是劝诫治政者要善于听取老百姓的意见，不光听表面的描述，更要发现背后隐藏的问题，从而去解决问题。有些故事，听起来滑稽荒诞，但哄笑之后，若不能觉察出其背后隐藏的恸哭与嘲讽，那就真是说者有意，而听者无心了。本篇标题为编者所拟。

择人而树

〔汉〕刘向

阳虎得罪于卫[①]，北见简子曰[②]：“自今以来，不复树人矣。”简子曰：“何哉？”阳虎对曰：“夫堂上之人，臣所树者过半矣；朝廷之吏，臣所立者亦过半矣；边境之士，臣所立者亦过半矣。今夫堂上之人，亲却臣于君；朝廷之吏，亲危臣于众；边境之士，亲劫臣于兵。”简子曰：“唯贤者为能报恩，不肖者不能。夫树桃李者，夏得休息，秋得食矣；树蒺藜者[③]，夏不得休息，秋得其刺焉。今子所树者，蒺藜也，非桃李也。自今以来，择人而树，毋已树而择之。”（《说苑·复恩》）

注释

① 阳虎：姬姓，阳氏，名虎，一名货。春秋后期鲁国人，季孙氏家臣，一度掌握鲁国实权。

② 简子：赵简子。嬴姓，赵氏，原名鞅，后名志父，谥号简。春秋后期晋国卿大夫，六卿之一，赵氏大宗宗主。

③ 蒺藜（jí lí）：植物名，果实有刺。

大意

阳虎在卫国获罪，北去晋国，谒见赵简子，说："从今以后，我不再栽培人了。"简子问："为什么呢？"阳虎回答说："朝堂上的大臣，我所栽培的人超过半数；朝廷的官吏中，我所栽培的人也超过了半数；守边将士中，经我栽培的人同样超过半数。现在，这些朝堂上的大臣，离间我与国君的关系；朝廷中的官吏，败坏我在百姓中的声誉；这些守边的将士，亲自带兵追捕我。"简子说："只有品德高尚的人才能报答恩情，没有好德行的人做不到。就像栽培桃李的人，夏天可在树下休息，秋天可吃到果实；种蒺藜的，夏天不能在其下面休息，秋天只能得到棘刺。现在，你所种的都是蒺藜。从今以后，要先选择人，再进行培养，不要培养后再谈好坏。"

点评

常言道："种瓜得瓜，种豆得豆。"阳虎不善择人，最终自食恶果。选择人才，培育人才，德与才两方面都应充分考量。不过，如果被提拔者无原则地唯提拔者马首是瞻，却也未必是提拔者的福分。现在有些人在培养后备力量时，习惯于择亲而任、视财而用，罔顾公平，拉帮结派，培植党羽，只为自己的“休息”“秋食”着想。试想，优秀人才的上升通道被堵塞，庸人、蠹虫占据要津，虽然短期内能够获利，但长远来看，因为缺乏人才致使整个机体的运作失去活力，个人的“休息”“秋食”又能持续多久呢？择人而树，要兼察德才；树人之人，更需以公利为先。标题为编者所拟。

上好下甚

〔汉〕刘向

晏子没①，十有七年，景公饮诸大夫酒，公射出质②，堂上唱善，若出一口。公作色太息，播弓矢③。弦章入，公曰："章！自吾失晏子，于今十有七年，未尝闻吾过不善，今射出质，而唱善者若出一口。"弦章对曰："此诸臣之不肖也，知不足以知君之不善，勇不足以犯君之颜色。然而有一焉，臣闻之：'君好之，则臣服之；君嗜之，则臣食之。'夫尺蠖食黄则其身黄④，食苍则其身苍。君其犹有谄人言乎？"公曰："善。今日之言，章为君，我为臣。"（《说苑·君道》）

注释

① 没（mò）：同"殁"，死亡。

② 质：箭靶。

③ 播：扔下。

④ 尺蠖（huò）：一种昆虫的幼虫，行走时先屈后伸。传说食黄则黄，食青则青。

大意

晏子去世十七年了。一次，齐景公请众大夫一起饮酒。景公射箭偏离了靶子，堂上百官高声叫好，整齐得像出于一人之口。景公沉下脸，长声叹息，丢下了弓箭。这时大臣弦章进来，景公说："弦章啊！自从我失去晏子，到现在已经有十七年了，从没听谁说我有什么地方做得不好。今天我射箭偏离了靶子，叫好声竟然如出一口。"弦章回答说："这是各位臣子不贤啊，他们的才智不足以发现您的过失，他们的勇气不足以冒犯您的尊严。不过也有这样一种情况，我听说：'国君喜欢穿什么，那么臣子就会喜欢穿它；国君嗜好吃什么，那么臣子就会偏爱吃它。'正如尺蠖吃进黄色的东西，它的身体就是黄色的；吃青色的东西，身体就是青色的。国君您大概喜欢听奉承话吧？"景公说："说得好！今天的对话，你说得对，我听你的。"

点评

《说苑》是西汉著名学者、目录学家刘向在校书时，对皇家所藏和民间流行的书册资料加以选择整理的杂著类编，共二十卷，纂辑先秦及汉代的逸闻琐事，借以阐述儒家思想。标题为编者所拟。

“上有所好，下必甚焉。”齐景公虽然口头上对阿谀现象表示不满，但由于他本质上好谄喜功，大臣们自然会投其所好。《说苑》中还记载了一次类似事件：齐景公喜欢女子穿男子的服饰。于是，全国女子都喜欢这样打扮。齐景公下令禁止，说：“凡女子作男人打扮的，就撕破她的衣服，扯断她的腰带！”可是，这个风气还是没有被扭转。齐景公困惑地请教晏婴，晏婴说：“大王喜欢宫内的人这样打扮，却禁止宫外的人这样穿戴，就像在门前挂着牛头却卖马肉一样。禁令先从宫内推行，宫外自然再没有人敢这样做了。”齐景公依计而行，不出一个月，全国就没有人再“女扮男装”了。无论是晏婴的直谏，还是弦章的婉讽，都说明一个道理：领导者对某种风气的形成起着很大的作用；口头呼吁、强推禁令而不能心口一致、以身作则，再怎么花费力气，也只能是徒劳。

皮之不存，毛将焉附？

〔汉〕刘向

魏文侯出游，见路人反裘而负刍[①]。文侯曰：“胡为反裘而负刍？”对曰：“臣爱其毛。”文侯曰：“若不知其里尽而毛无所恃邪？”明年，东阳上计，钱布十倍，大夫毕贺。文侯曰：“此非所以贺我也。譬无异夫路人反裘而负刍也，将爱其毛，不知其里尽毛无所恃也。今吾田地不加广，士民不加众，而钱十倍，必取之士大夫也。吾闻之：下不安者，上不可居也。此非所以贺我也。”（《新序·杂事》）

注释

① 刍（chú）：喂牲畜的草。

大意

有一次，魏文侯出游，见路上有个人反穿着一件皮裘（古人穿皮裘以毛朝外为正），背着草料行走。文侯问他："你为什么要反穿着皮裘背草呢？"那人回答说："因为我爱惜皮裘上的毛，怕它被磨掉了。"文侯说："你难道不知道皮裘的里子磨透了，皮裘上的毛就无所依附了吗？"第二年，魏国东阳地区上缴了相当于往年十倍的钱粮，大臣们都来祝贺。文侯说："这不是一件值得祝贺的事。就像那个反穿皮裘背草的人，因为怕损坏皮裘的毛，却忘了皮裘的里子如果没有了，毛将无所依附。现在我国的耕地没有增加，老百姓收入没有增多，可是钱粮却增加十倍，这一定是当地官员盘剥得来的。我听说，下层不安稳，在上位的人就不可能安定。这不是应该道贺的事啊！"

点评

《新序》是西汉学者刘向编撰的历史故事类编，书中故事多采自诸子史传如《吕氏春秋》《韩诗外传》《史记》《战国策》《庄子》《荀子》等，对材料的取舍，体现出编者的德治、仁政、用贤、民本等政治思想。原本三十卷，现存十卷。标题为编者所拟。

作为“战国七雄”之一——魏国的缔造者，魏文侯改革政治，重用贤能，奖励耕战，兴修水利，发展经济，推行一系列便民政策，使魏国成为战国初期的强国。魏文侯自己，也被历代史家交口称赞。在文化上，魏文侯尊孔子弟子子夏为师，学习儒家的礼乐教化。所以，魏文侯能从“皮裘反穿，伤及内里”的生活常识中，联想到“固守根本”的治国道理；税赋增多，群臣道贺，魏文侯却忧心忡忡，认为这是伤民所得，并不足贺。他的“重民”思想，与《论语》中的诸多著名理念是一脉相承的：“（仁者）爱人”“节用而爱人”“如有博施于民而能济众……何事于仁，必也圣乎”。

论贵粟疏（节选）

〔汉〕晁错

方今之务，莫若使民务农而已矣。欲民务农，在于贵粟；贵粟之道，在于使民以粟为赏罚。今募天下入粟县官[①]，得以拜爵，得以除罪。如此，富人有爵，农民有钱，粟有所渫[②]。夫能入粟以受爵，皆有余者也。取于有余，以供上用，则贫民之赋可损，所谓损有余补不足，令出而民利者也。顺于民心，所补者三：一曰主用足，二曰民赋少，三曰劝农功。今令民有车骑马一匹者[③]，复卒三人[④]。车骑者，天下武备也，故为复卒。神农之教曰[⑤]：“有石城十仞[⑥]，汤池百步，带甲百万，而亡粟，弗能守也。”以是观之，粟者，王者大用，政之本务。（《汉书·食货志》）

注释

① 募：号令。县官：汉代对官府的通称。

② 渫（xiè）：分散、疏通。

③ 车骑马：能驾战车的马，即战马。

④ 复卒：免服兵役或免纳赋税。

⑤ 神农：神农氏，中国上古部落联盟首领。

⑥ 仞：古代计量单位。周尺八尺或七尺为一仞，周尺一尺约合二十三厘米。

大意

当今之急，没有比让百姓从事农业生产更为重要的了。要想使百姓从事农业，关键在于重视粮食的价值；提升粮食重要性的办法，在于让百姓用粮食来求赏或免罚。现在应该号召天下百姓交粮给政府，纳粮的可以封爵，或者赎罪。这样，富人就可以得到爵位，农民就可以得到钱财，粮食就能得到流通。那些能交纳粮食得到爵位的，都是比较富足的人。从这些人那里得到物品来供给政府，那么贫苦百姓担负的赋税就可以减轻，这就叫减少多余的去补给不够的，法令一旦颁布百姓就能够获得利益。依顺百姓的心愿，好处有三：一是君主需要的东西充足，二是百姓的赋税减少，三是鼓励从事农业生产。按现行法令，民间能输送一匹战马的，就可以免去三个人的兵役。战马是国家战备所用，所以可以使人免除兵役。神农氏曾教导说："有十仞高的石砌城墙，有百步之宽的护城河，上百万全副武装的兵士，然而没有粮食，城还是守不住的。”这样看来，粮食是君王治理天下最需要的东西，（保障粮食）是国家最根本的政务。

点评

秦末农民起义和长达五年的楚汉之争，使农民流离失所，民生凋敝。面对这一局面，汉高帝刘邦以及惠帝（吕后）、文帝都采取休养生息的政策，招抚流亡，赐予田宅，农业生产逐渐恢复。但与此同时，一方面，大地主、大商人开始对农民进行兼并和侵夺，大批农民流离失所，加之商业的发展和商人的囤积居奇导致谷贱伤农，阶级矛盾由此日趋激化。另一方面，北方游牧民族频繁南下侵扰，民族矛盾十分尖锐。见此形势，大臣晁错忧心如焚，遂从“守边备塞，劝农立本”的战略思想出发，向汉文帝上疏。班固的《汉书》将此奏疏分成两部分，将“守边备塞”编入《晁错传》，“劝农立本”编入《食货志》，后人将《食货志》中的这一部分抽出，加上了《论贵粟疏》的标题。本文即节选于此。

可以看出，晁错立足于中国古代以农立国的实际，以

“贵粟”为核心，全面论述了农业生产和粮食的重要性，并提出重农抑商、入粟于官、拜爵除罪等一系列主张。应该说这对当时发展农业、巩固政权，以及后来成就“文景之治”的局面，都起到了积极作用。特别是文中提及的“顺于民心”，体现了中国古代的民本思想。时至今日，重农抑商、入粟于官、拜爵除罪等具体措施虽已不再适合国情，但“三农”问题的解决，农业现代化的推进，关乎中国的稳定和发展，重农固本仍是安民之基和全党工作的重中之重，“贵粟”的思想仍有借鉴意义。

神不能伤道，妖不能害德

〔汉〕桓谭

异变怪者，天下所常有，无世而不然。逢明主贤臣、智士仁人，则修德善政，省职慎行以应之，故咎殃消亡，而祸转为福焉。昔大戊遭桑谷生朝之怪，获中宗之号；武丁有雊雉升鼎之异[①]，身享百年之寿；周成王遇雷风折木之变，而获反风岁熟之报；宋景公有荧惑守心之忧[②]，星为徙三舍。由是观之，则莫善于以德义精诚报塞之矣[③]。故《周书》曰："天子见怪则修德，诸侯见怪则修政，大夫见怪则修职，士庶见怪则修身。神不能伤道，妖亦不能害德。"及衰世薄俗，君臣多淫骄失政，士庶多邪心恶行，是以数有灾异变怪，又不能内自省视，畏天戒，而反外考谤议，求问厥故，惑于佞愚，而以自诖误[④]，而令患祸得就，皆违天逆道者也。(《桓子新论·谴非》)

注释

① 雊雉（gòu zhì）：鸣叫的雉鸡。

② 荧惑守心：火星萦绕于心宿周围，古人认为乃不祥之兆。荧惑：火星。心：心宿，二十八星宿之一。

③ 报塞：应对，报答。

④ 诖（guà）误：贻误，连累。

大意

灾变和怪异之事天下常有，没有哪个时代不是如此。贤明的君主和大臣、智慧之士和仁德之人面对这些事，会修养德行、改良政事，反省职责、谨慎行事，因此灾祸消失，祸转为福。古时候，商王太戊碰到了桑谷二木共生于朝的不祥之兆，却（由于修德勤政）获得“中兴之宗”的名号；商王武丁祭祀时遇到雉鸡登鼎而鸣的怪事，却（由于修政行德）享受了百年的长寿；周成王遭遇雷电狂风折断树木的灾变，却（由于勇于自省）获得风向转变扶起倒伏禾苗、粮食丰收的回报；宋景公因火星萦绕心宿的不祥天象为国家安危忧惧不已，三个星宿的位置居然因此迁徙移动。从这些例子来看，没有比用德义精诚应对灾异更好的方法了。因此,《逸周书》(原名《周书》,旧说《逸周书》是孔子删定《尚书》后所剩,是为“周书”的逸篇,故得名)说:“天子看到怪异的事情就应该修养德行,诸侯看到怪异的事情就应该修明政治,大夫看到怪异的事情就应该修正职守,士人和百姓看到怪异的事情就应该修养自身。神明无法伤害道义,妖异也无法伤害仁德。”到了世道衰败、风俗浇薄之时,君主和臣子大多骄奢淫逸,政治混乱,士人和百姓多有邪恶的想法和行为,因此会有很多灾变怪异之事发生,但他们又不能向内自我反省、畏惧上天警诫,反而向外探究不足凭信的议论,从中询问灾异发生的原因,从而被奸佞愚昧的小人迷惑,进而连累自身,使祸患最终发生,这些都是违背天理道义的。

点评

《桓子新论》是汉代著名学者桓谭的政论著作,凡二十九篇。作者亲身经历了西汉至东汉的朝代更迭,政论切中时弊,有感而发,有较强的现实针对性和历史启发性。标题为编者所拟。

古人受到科学技术发展水平的制约,对鬼神、灾异等现象的认知有很大的局限性,因此,很多难以解释的自然现象往往被蒙上神秘的面纱，被视为国家政治生活的一种反映、象征、预示乃至警示。但也有很多像桓谭一样的人揭示了迷信表象下国家治理的铁律：神不能伤道，妖亦不能害德。道义与仁德是一个国家立足的根基，舍弃道义与仁德，试图通过对鬼神虔诚的祈祷、祭祀换取战争的胜利、国家的强盛，无疑是舍本逐末、缘木求鱼、愚不可及的做法。历史上并不乏此类荒唐闹剧。到了科学技术如此发达的今天，仍有公职人员不顾法纪、无视职责，“不问苍生问鬼神”，醉心求神拜佛，痴迷风水看相，甚至为此贪污浪费，劳民伤财。众多案例触目惊心，而这些案例背后宗旨信仰的动摇、崇高理想的放弃、道德操守的缺失等更需要引起我们的重视。

钱神论（节选）

〔晋〕鲁褒

钱之为体，有乾坤之象。内则其方，外则其圆。其积如山，其流如川。动静有时，行藏有节。市井便易，不患耗折。难折象寿，不匮象道。故能长久，为世神宝。亲之如兄，字曰孔方。……

钱之为言泉也，百姓日用，其源不匮。无远不往，无幽不至。京邑衣冠，疲劳讲肄，厌闻清谈，对之睡寐。见我家兄，莫不惊视。钱之所祐，吉无不利。何必读书，然后富贵？……

无德而尊，无势而热，排金门而入紫闼。危可使安，死可使活。贵可使贱，生可使杀。是故忿争非钱不胜，幽滞非钱不拔[①]，怨仇非钱不解，令问非钱不发[②]。

洛中朱衣，当途之士，爱我家兄，皆无已已，执我之手，抱我终始。不计优劣，不论年纪。宾客辐辏[③]，门常如市。谚曰："钱无耳，可暗使。"岂虚也哉？又曰："有钱可使鬼。”而况于人乎？

注释

① 幽滞：沉沦未被擢用之士。

② 令问：令闻，好名声。

③ 辐辏（fú còu）：聚集。辐：车轮中凑集于中心毂上的直木。辏：车轮的辐条内端聚集于毂上。

大意

钱作为一个实体，蕴含天地。内部效法地的方，外部效法天的圆。把它堆积起来，就好像山一样；它流通起来，又好像河流。它的流通与储蓄，都有一定的规则。在市场上做买卖方便交易，不用担心有耗损。它很难腐朽，像那些长寿的人；运行无穷，像“道”一样。所以，它能够流传这么久，成为世间的神明宝贝，人们像敬爱兄长那样爱它，便给它起了个名字叫“孔方”。……

“钱”得名于“源泉”的“泉”，百姓每天都要用到它，它的源泉是不会缺乏的。再远的地方它也能去，再深的地方它也能到。京城里的达官显贵，在讲学的地方总是很疲劳，讨厌听到清谈之事，每当面对它，便要打瞌睡。可是见到孔方兄，便没有人不惊醒凝视的。钱所能给人们带来的佑护，是吉祥而无所不利的。何必要先读书然后才富贵呢？……

它没有地位却尊贵，没有权势却炙手可热，可以推开贵族官宦的家门。可以转危为安，起死回生；可以让尊贵的变得低贱，活的变为死的。所以，和人争辩打官司，没有钱就不能获胜；在野之人，没有钱就不能得到提拔；积怨仇恨，没有钱就不能得到和解；美好名声，没有钱就不能得到传播。

洛阳城中的富贵人家，身居官位的那些人，对于孔方兄的热爱，从来都不曾停止。他们握着它的手，一直怀抱着。不管它们是优是劣，也不管它们的年份远近。在孔方兄家中，宾客总是从四面八方聚来，门前如同集市一样热闹。谚语说："钱虽然没有听觉，却可以暗中指使别人。"这话难道是假的吗？又说："有钱便可以役使鬼神。"更何况是人呢？

点评

生活于西晋后期的隐士鲁褒，愤慨于当时"纲纪大坏"，高官显贵贪得无厌、爱钱如命的现况，以钱拟神，写下本文，于嬉笑怒骂中对拜金主义者进行揭露讽刺，可谓淋漓尽致。

为人当存仁义爱国之心

《晋书·文苑·袁宏传》

文若怀独见之照[①]，而有救世之心。论时则人方涂炭，计能则莫出魏武[②]，故委图霸朝[③]，豫谋世事。举才不以标鉴，故人亡而后显；筹画不以要功，故事而至后定。虽亡身明顺，识亦高矣。

董卓之乱[④]，神器迁逼[⑤]，公达慨然[⑥]，志在致命。由斯而谭，故以大存名节[⑦]。至如身为汉隶而迹入魏幕[⑧]，源流趣舍[⑨]，抑亦文若之谓。所以存亡殊致，始终不同，将以文若既明且哲，名教有寄乎！夫仁义不可不明，则时宗举其致；生理不可不全，故达识摄其契。相与弘道，岂不远哉！

注释

① 文若：荀彧（yù），字文若，东汉末年著名谋臣和战略家，投奔曹操后，深受赏识，官至尚书令。后大臣董昭建言曹操进爵国公、加封九锡（古代帝王对大臣的九种赏赐，是对大臣的最高礼遇），荀彧以曹操应“秉忠贞之诚，守退让之实”为由加以反对，而为曹操所忌，调离中枢，忧郁成病而亡（一说受到曹操暗示而服毒自尽）。

② 魏武：即曹操。其子曹丕称帝后，追尊其为武皇帝。

③ 霸朝：袁宏对曹操政权的指称。

④ 董卓之乱：东汉末年，董卓率军进入洛阳。他废黜少帝，立陈留王刘协为汉献帝，并进位相国，独揽军政大权。后来，袁绍联合关东各州郡兴兵声讨董卓，董卓见关东联军势力强盛，乃挟持献帝退往长安，临行前将洛阳宫庙、官府和民居焚毁。历史上将东汉中平六年（189）至初平三年（192）董卓入朝后实行的专权暴政称为“董卓之乱”。

⑤ 神器：借指帝位、政权。

⑥ 公达：荀攸（yōu），字公达，荀彧之侄。董卓进京时，荀攸因密谋刺杀而入狱，后弃官回家。曹操迎天子入许都后，荀攸成为曹操的军师。他行事周密低调，计谋百出，深受曹操称赞。214 年，荀攸在曹操讨伐孙权的路上去世。

⑦ 故：通“固”，本来。以：通“已”，已经。

⑧ 汉隶：汉朝的官员。

⑨ 趣舍：取舍。趣：通“取”。

大意

荀彧有远见卓识，而且怀有救世之心。当时百姓正处在水深火热之中，论雄才大略，当时没有出于曹操之上者，所以他委身于曹操，参与谋划国家大事。荀彧推举人才却从不炫耀自己明鉴识人，久而久之更显其知人之明；出谋划策也不是以邀功为目的，所以国家大事必其至而后议定。虽然后来他杀身成仁，以表明自己对汉室的忠诚，但他的识见，无论如何都应该说是十分高明的。

董卓犯上作乱，汉献帝被迫迁都，荀攸激昂慷慨，立志舍身匡救汉室。由此而论，本来就已保全了名节。至于他身为汉朝官员而入仕魏军幕府，那是取其本、舍其末的做法，他这样做，用心和荀彧是一样的。荀彧和荀攸二人一生一死，经历的事迹不同，且说荀彧以死彰明仁义之道，已经算是寄迹名教之地了。仁义之道不可不明，所以世人推崇荀彧的识见；生命不可不保全，所以通达的人能够掌握行仁义的要领。荀彧和荀攸两人共同弘扬为臣之道，相得益彰，作用难道不深远吗？

点评

熟悉东汉三国时期历史的人，对荀彧、荀攸叔侄一定不会陌生；罗贯中的《三国演义》也以文学笔法对二人的事迹做了生动描述。荀彧、荀攸都是曹操手下的得力干将，深受曹操的信任和赏识，曹操称赞前者为“吾之子房（西汉张良，字子房）也”，称赞后者为“真贤人也”。那么，他们一心辅佐曹操，为了什么？那就是以一颗仁义爱国之心，救世济民，匡复汉室。

东汉末年，军阀割据、战乱频仍、民不聊生。在现代人看来，这样一个没落的王朝早该被推翻，何谈匡复？然而，读史最忌以今人立场评价古人。作为汉朝臣子的荀彧、荀攸，面对国家的千疮百孔，叹惜之余更生挽救之志。他们深知一己之力有限，于是投靠了心目中具有雄才大略的曹操，与其说他们贡献的是才能，不如说托付了一颗仁义爱国之心。荀彧辅佐曹操尽心竭力、不计功名；荀攸得知董卓之乱而欲舍身谋刺，根源正在于此。行仁义之事，树爱国之志，是中华民族的精神所在。正是这种精神，使我们在面对灾难、困境和外敌侵略时，能够尽己所能，团结一心，共同抵御和反抗。

本文选自东晋文学家、史学家袁宏的《三国名臣颂》，文章收录于《晋书》本传中，是作者褒美魏、蜀、吴三国二十位著名大臣之功德的文章。标题为编者所拟。全文在赞颂诸名臣之前，大发议论，其中明君难得、君臣相契更难得，君臣应各守其道等观点，是与史相符、于时有补的。此外，文中的一些评价之词，也不失通达公允。

仲达孔明，孰为胜者

〔唐〕虞世南

公子曰[①]：“诸葛亮冠代奇才，志图中夏[②]。非宣帝之雄谋妙算[③]，其孰能当斯劲敌者乎？”

先生曰[④]：“宣帝起自书生，参赞帝业，济时定难，克清王道，文武之略，实有可称。然多仗阴谋，不由仁义，猜忍诡状，盈诸襟抱。至如示谬言于李胜[⑤]，委鞫狱于何晏[⑥]，愧心负理，岂君子之所为！以此伪情，行之万物，若使力均势敌，俱会中原，以仲达之奸谋，当孔明之节制，恐非俦也。”（《帝王略论》）

注释

① 公子：指李世民，此时他还是秦王，故称公子。

② 中夏：指中原地区。

③ 宣帝：这里指晋宣帝司马懿，是魏文帝曹丕智囊团中的重要人物。曹丕死后，曹睿继位，司马懿以顾命大臣迁抚军大将军，统领禁军。曹睿去世，太子曹芳继位，司马懿、曹爽辅政。后来，司马懿诛杀了曹爽及其党羽。司马懿病逝后，其子司马师、司马昭继续专权。265 年，其孙司马炎以晋代魏，追尊司马懿为“宣帝”。

④ 先生：指虞世南，为秦王府“十八学士”之一，深得李世民的信任和重用。

⑤ 李胜：三国时人，曹爽的下属。曹芳继位后，魏皇室与司马懿矛盾激化，司马懿借病不出。李胜在曹爽的授意下，借出任荆州刺史之机，探听司马懿的虚实，后与曹爽一起被处死。小说《三国演义》中详细描写了李胜探病、司马懿装病的细节，从中可以看出司马懿的老奸巨猾。

⑥ 何晏：三国时期魏国著名学者，官拜散骑侍郎、侍中、吏部尚书，后为司马懿所杀。

大意

公子问：“诸葛亮乃盖世奇才，立志恢复中原。如果没有司马懿的谋略和神机妙算，那么谁还能抵挡住如此强劲的敌人呢？”

虞世南回答说：“司马懿以一介书生，全力参与了魏国的创立，挽救社会于危难之际，清理朝纲，文才武略，确实有可以称道的地方。然而他好玩弄阴谋，做事不讲仁义道德，心怀猜忌，诡计多端。至于他以谎言欺骗李胜，以残酷的刑罚对待何晏，这类伤天害理、昧着良心的事情，却不是正人君子的所作所为。用这种虚情假意对待一切事情，倘若在势均力敌的情况下，于中原的大地上一决高下，以司马懿的奸诈谋略，应对孔明的统率有方，恐怕就不是对手了。”

点评

历史上流传着很多关于诸葛亮和司马懿的故事，最著名的有“空城计”“死诸葛吓走活仲达”，在一般人看来，诸葛亮的智慧远在司马懿之上。然而，李世民却提出了一个新的见解——如果没有司马懿的“雄谋妙算”，凭诸葛亮的才干早就攻破曹魏，取得中原了。针对这个观点，虞世南结合历史事实做出了客观的分析：司马懿虽有值得称道的地方，但他好弄权谋、猜疑嫉妒、不讲仁义，如果诸葛亮所在的蜀汉和司马懿所在的魏国实力相当，则司马懿绝非诸葛亮的对手。言外之意，司马懿能够守住中原，依靠的仅仅是十倍于蜀汉的土地、强大的军事力量、坚固的城垒这些绝对优势。而这种优势一旦被打破，司马懿必将走向败亡。在虞世南看来，一个合格的统帅或领导者，注重的应该是民心，要像君子一样光明磊落、广施仁义、处事公正、善于用人，如此才能使自己立于不败之地。从贞观时期的政策和措施上看，李世民显然领悟了虞世南这番话的深意，最终开创了贞观之治的局面。

《帝王略论》是虞世南撰写的一部通史性著作，也是一部历史评论专书，大约完成于唐高祖武德年间。该书以问答体的形式，记录了秦王李世民与虞世南关于前代帝王的比较与评论。标题为编者所拟。《帝王略论》编写之时，唐朝刚刚建立，四周边疆尚有强敌，中原内部也不稳定，统治者迫切需要通过总结历史经验教训来寻找治世安邦的良策。而此书正以“商略古今”，论“古帝王为政得失”“追述往古兴亡之道”为宗旨，适应了当时的形势，对唐朝初期的政治产生了不小的积极影响。可惜的是，此书于明清时期亡佚，其内容散见于敦煌遗书、《通历》、《长短经》和《太平御览》中。

务去谗佞

〔唐〕李世民

夫谗佞之徒，国之蝥贼也[①]。争荣华于旦夕，竞势利于市朝。以其谄谀之恣，恶忠贤之在己上；奸邪之志，恐富贵之不我先。朋党相持，无深而不入；比周相习[②]，无高而不升。令色巧言[③]，以亲于上；先意承旨，以悦于君。朝有千臣，昭公去国而不悟；[④]弓无九石，宣王终身而不知。[⑤]以疏间亲，宋有伊戾之祸；[⑥]以邪败正，楚有郤宛之诛。[⑦]斯乃暗主庸君之所迷惑，忠臣孝子之可泣冤。故蘩兰欲茂[⑧]，秋风败之；王者欲明，谗人蔽之，此奸佞之危也，斯二者，危国之本。砥躬砺行，莫尚于忠言；败德败正，莫逾于谗佞。（《帝范·去谗》）

注释

① 蝥（máo）贼：吃禾苗的两种害虫。此处比喻祸害国家的谗佞之徒。

② 比周：结党营私。

③ 令色巧言：用伪情谄媚和花言巧语来取悦、迷惑他人。

④“朝有千臣”二句：春秋时，鲁昭公由于受到谗言蒙蔽，未能处理好国内大夫之间的关系，最终小事酿成大祸，被群起而攻之，弃国出逃。

⑤“弓无九石”二句：战国时，齐宣王好射，臂力可开三石之弓，群臣竞相谄媚，说宣王所开之弓用力不下九石，宣王信以为真，终身以此为傲。

⑥“以疏间亲”二句：春秋时，宋国宦官伊戾设下圈套，向宋平公进谗言，诬陷太子痤谋反，导致太子痤被害身亡。

⑦“以邪败正”二句：春秋时，楚国郤宛忠直，却遭费无极等人谗害，家破人亡。

⑧ 藂（cóng）：同“丛”。

大意

那些谄谀奸佞之徒，对于国家来说就好像啃食禾苗的蛀虫。他们不分昼夜地争夺荣华富贵，不分场合地追逐权势利益。他们极尽谄媚阿谀之能事，对忠贤之臣位列己上而心怀不满；放纵奸邪的想法，唯恐富贵不被自己率先享有。他们结成朋党，相互扶持，无孔不入；结为朋党，拼命钻营。通过伪情谄媚、花言巧语、揣摩上意、逢迎奔走，以取悦君主。鲁昭公虽有众多臣子，却落得弃国远逃，终不醒悟；齐宣王无九石之力，却被阿谀之臣蒙蔽终身；宋国伊戾通过谗言以疏间亲，导致太子冤死；楚国奸臣势力猖獗，忠臣遭到压制，导致郤宛那样的良臣被无端残害。这一切，都是暗弱不明之主和庸愚无察之君，荒迷惑乱，拒贤听谗所造成的，以至于忠者如郤宛、孝者如太子痤，终被诬谄屠戮，实在是可叹可哀而冤枉的了。丛丛兰草生长茂盛，欣欣向荣，凛冽的秋风却要使它摧折枯萎；君主希望明辨是非，却有谗佞之人遮蔽。这就是奸臣、佞臣的危险之处，这两种人会危害国家的根本。砥砺自己，躬亲践行，没有比聆听忠言更好的方法了；败坏德行，败坏正道，没有比谗佞之言危害更大的了。

点评

谗言之害，古人很早就有认识，在《诗经》《离骚》中就有对谗言的讽刺与控诉，孔子在《论语》中也对“浸润之谮”痛心疾首。对于为君者，明辨是非是最基本的要求。但是，事实真相往往会被干扰和遮蔽，进而影响君主的判断。不同的臣子出于不同的动机，通过自己的语言影响君主的看法与决策，这便有了忠言、谗言的区别。忠言往往如良药，虽利于病，却难以下咽；而谗言常常谄媚阿谀，如糖似蜜，令听者如沐春风，忘乎所以。因此，谗言常入君心，谗臣备受宠信；忠言被拒千里，忠臣动辄得咎。于是，历史上就一再上演谗言造成的忠臣被戮、家亡国破的悲剧。要防谗言之害，不仅要多听“逆耳忠言”，还要牢记“兼听则明”的道理。标题为编者所拟。

俭以养性

〔唐〕李世民

夫君者，俭以养性，静以修身。俭则人不劳，静则下不扰。人劳则怨起，下扰则政乖。人主好奇技淫声、鸷鸟猛兽[①]，游幸无度，田猎不时。如此则徭役烦，徭役烦则人力竭，人力竭则农桑废焉。人主好高台深池，雕琢刻镂，珠玉珍玩，黼黻绨绤[②]，如此则赋敛重，赋敛重则人才遗，人才遗则饥寒之患生焉。乱世之君，极其骄奢，恣其嗜欲，土木衣缇绣[③]，而人裋褐不全[④]；犬马厌刍豢[⑤]，而人糟糠不足。故人神怨愤，上下乖离，佚乐未终，倾危已至。此骄奢之忌也。(《帝范·诫盈》)

注释

① 鸷（zhì）：凶猛的鸟。

② 黼黻（fǔ fú）：礼服上装饰的华美花纹。絺绤（chī xì）：葛布。

③ 缇绣（tí xiù）：华丽的丝织品。

④ 裋褐（shù hè）：短而窄的衣服，多为劳动人民穿着。

⑤ 刍豢（huàn）：肉类食品。

大意

作为君主，要以节俭养性，以清静修身。君主节俭，百姓便不会劳苦不堪；君主清静，百姓便不会被骚扰不已。百姓劳苦，自然怨声载道；百姓被骚扰，自然政局不稳。君主喜好新奇的技艺和放荡的乐曲、凶猛的鸟兽，到处游幸而没有节制，到处打猎而不守时序，这样就导致徭役繁重；徭役繁重，就会使民力枯竭；民力枯竭，农桑之业就会荒废。君主喜欢高耸的亭台和幽深的池塘，喜爱雕琢刻镂的建筑，广纳珠玉珍玩，喜好装饰繁复的华丽布帛，这样就会导致赋税沉重，赋税沉重就会导致人们四处逃散，人们逃散就会产生饥寒的危机。乱世君主骄奢至极，放纵自己的嗜好和欲望，他们的建筑居所装饰着华丽的丝织品，而百姓却衣不蔽体；他们的狗马饱餐肉食，百姓却没有足够果腹的糟糠。因此百姓和上天都怨愤不已，统治者和百姓离心离德，统治者们放纵的快乐还没结束，国家倾覆的危机已经到来。这正是骄奢的可怕。

点评

《帝范》凡十二篇，唐太宗李世民撰。作为开创“贞观之治”的君主，李世民担忧太子“未辨君臣之礼节，不知稼穑之艰难”，于是“披镜前踪，博览史籍，聚其要言”，并结合自身治国理政经验，著成此书，用于告诫、教诲太子。标题为编者所拟。

《周易·丰卦》：“《彖》曰：日中则昃，月盈则食。”中国人自古便知道月盈则亏、水满则溢、物极必反的道理，人的欲望尤其如此。君主欲壑难填，横征暴敛，鱼肉百姓，最终导致身死国灭的例子比比皆是。战战兢兢、如履薄冰，懂得克制个人的欲望，爱惜民力，使民以时的统治者也不乏其人。前事不忘，后事之师。环视当今社会，一些党员干部从人民公仆堕落为腐败分子、国贼禄蠹，与他们私欲的无限膨胀有极大关联。一心追逐私利、权位，不择手段，必然置党纪国法于不顾；一心追逐逸乐、享受，来者不拒，必然置理想信念于度外。私欲的过度膨胀，使他们忘乎所以，我行我素，最终滑入违法乱纪、腐化堕落的深渊。古人深知欲望之可畏，因此以“壁立千仞，无欲则刚”自勉。

人都有七情六欲，也无须成为禁欲主义者，但明了“月盈则亏”“无欲则刚”的道理，对节制无限膨胀的欲望，对修身治国，一定有所裨益。

唐太宗裁汰冗官

《贞观政要·择官》

贞观元年，太宗谓房玄龄等曰：“致治之本，惟在于审。量才授职，务省官员。故《书》称：‘任官惟贤才。’又云：‘官不必备，惟其人。’若得其善者，虽少亦足矣；其不善者，纵多亦奚为？古人亦以官不得其才，比于画地作饼，不可食也。《诗》曰：‘谋夫孔多，是用不就。’又孔子曰：‘官事不摄[①]，焉得俭？’且‘千羊之皮，不如一狐之腋’[②]。此皆载在经典，不能具道。当须更并省官员，使得各当所任，则无为而理矣。卿宜详思此理，量定庶官员位。”玄龄等由是所置文武总六百四十员。

注释

① 摄：兼职。

② 千羊之皮，不如一狐之腋：比喻众愚不如一贤。腋：狐狸腋下的皮毛，纯白珍美。

大意

贞观元年（627），唐太宗对房玄龄等大臣说："治理国家的根本在于行事要审慎。要根据一个人才能的大小授予官职，务必精减官员人数。所以《尚书》说：'只应选取贤良和有才能的人为官。'还说：'官员不在齐备，在于用人得当。'如果任用了贤能的官员，尽管人数不多也可以让天下得到治理；若官员不贤能，人数再多又有什么用呢？古人也将不按才能选任官员比作在地上画饼，那是不能吃的。《诗经》中说：'参谋的人如果多了，决策的时候反而无所适从。'孔子说：'如果官员都是专职而不兼任职事，怎么能称得上节俭呢？'孔子还说：'一千只羊的皮，也抵不上一只狐狸腋下的皮毛。'这些至理名言都已载入史册，数不胜数。现在应当并省官员，让他们各自承担起相应的职责，那么国家就可以无为而治了。你应该仔细考虑一下这个问题，衡量确定官员的编制。”房玄龄等人因此拟定出文武官员共六百四十人。

点评

唐朝初创时，政府机构庞杂，官员积冗，办事效率低下，严重阻碍社会进步。唐太宗即位后立即下令“省减吏员”，“使得各当所任”。这一举措体现了一代明君卓越的判断力和果敢的办事态度，也是太宗皇帝官不在多、量才授职，讲求质量、务求称职这一择官思想的实践，从而为“贞观之治”的实现奠定了坚实的基础。标题为编者所拟。

后之视今，如今之视古

〔唐〕马周

臣窃寻往代以来成败之事，但有黎庶怨叛，聚为盗贼，其国无不即灭，人主虽欲改悔，未有重能安全者。凡修政教，当修之于可修之时，若事变一起，而后悔之，则无益也。故人主每见前代之亡，则知其政教之所由丧，而皆不知其身之有失。是以殷纣笑夏桀之亡，而幽、厉亦笑殷纣之灭。隋帝大业之初，又笑周、齐之失国。然今之视炀帝，亦犹炀帝之视周、齐也。故京房谓汉元帝云[①]：“臣恐后之视今，亦犹今之视古。”此言不可不戒也。(《陈时政疏》)

注释

① 京房：西汉经学家、音律学者。

大意

臣私下思考前代以来国家兴衰成败之事，一旦百姓怨恨反叛，聚集在一起成为盗贼，这个国家没有不马上灭亡的。君主即使想悔改，也没有能够重获安定的。凡是实行教化，应该在可以实行的时候就实行；如果等到事变已经发生才来后悔，是没有什么用的。所以君主每当见到前一朝代的灭亡，就知道人家的政令教化是如何失误的，却不知道自己治国的过失。因此商纣嘲笑夏桀的覆亡，而周幽王、周厉王又嘲笑商纣的灭亡。隋炀帝大业初年，又嘲笑北周、北齐失国。然而今天我们看隋炀帝，就好像隋炀帝看北周、北齐一样。所以京房对汉元帝说：“臣担心后人看现在，就如今人看古代一样。”我们不能不以此言为诫。

点评

本文选自唐初名臣马周的《陈时政疏》。贞观十一年（637），马周上了这道奏折，力陈几个观点：倡俭去奢，关心民生，重视地方官的选任，重视历史经验教训。马周不仅指出问题，还提出改进的措施与办法，表现出清醒的洞察力。标题为编者所拟。

唐太宗君臣“以史为鉴”意识之强烈与自觉，还可以从唐太宗与魏徵的对话中发现：贞观二年（628），唐太宗对侍臣说：“读《隋炀帝集》，发现其文‘博奥’，其人也并非完全不知前朝教训的糊涂蛋，为什么行动却如此荒唐？”魏徵回答：“作为君主，再圣明，也应谦虚接受他人意见，这样才能使天下智勇之士甘心效命；隋炀帝仗着自己才智过人，骄傲自大，所以‘口诵尧、舜之言而身为桀、纣之行’，最终导致覆亡。”唐太宗感慨道：“前事不远，是今人的老师。”

作为唐以后中国历代帝王施政楷模的“贞观之治”，由多种因素共同作用而成；而其中唐太宗君臣以史为鉴，以隋亡为镜，以“圣贤”为训，用于为君、择人、施政、治国，其作用不可忽视。

两汉辩亡论（节选）

〔唐〕权德舆

言两汉所以亡者，皆曰莽、卓[①]。予以为莽、卓篡逆，污神器，以乱齐民，自贾夷灭，天下耳目，显然闻知。静徵厥初，则亡西京者张禹[②]，亡东京者胡广[③]。皆以假道儒术，得伸其邪心，徼一时大名，致位公辅[④]。词气所发，损益系之，而多方善柔，保位持禄。或陷时君以滋厉阶，或附凶沴以结祸胎[⑤]。故其荡覆之机，篡夺之兆，皆指导之，驯致之。虽年祀相远，犹手授颐指之然也。其为贼害，岂直莽、卓之比乎？（《全唐文》卷四九五）

注释

① 莽：王莽，汉元帝皇后之侄。西汉末年因外戚关系掌握政权。元始五年（5），毒死汉平帝，自称假皇帝。次年立刘婴为太子，号“孺子”。初始元年

（8）篡位称帝，改国号为“新”，年号“始建国”。卓：董卓，东汉末年军阀、奸臣，他虽未称帝，却废黜少帝，立陈留王为帝，把持朝政，使东汉政权名存实亡。

② 西京：西汉都长安，东汉改都洛阳，因此称长安为西京，洛阳为东京。此处代指西汉，后文的“东京”代指东汉。张禹：西汉大臣。汉元帝曾命张禹教太子（即后来的成帝）《论语》。成帝即位，以帝师赐爵关内侯。后居相位六年，以老病罢。张禹虽归家隐居，因曾为天子师，国家每有大政，必与他商议。

③ 胡广：胡广历事东汉安帝、顺帝、冲帝、质帝、桓帝、灵帝六帝，在三公之位三十余年。当时朝政衰败，宦官专权，胡广身居高位，却不施力策，只一味追求平和，终酿成东汉末期军阀割据专权的局面。

④ 公辅：指古代三公、四辅，均为天子之佐。此处借指宰相一类的大臣。

⑤ 凶沴（lì）：凶恶之人，此处指东汉时期外戚、权臣梁冀。

大意

西汉、东汉之所以灭亡的祸首，都说是王莽和董卓。我认为王莽、董卓篡权叛逆，玷辱国家政权又发动战乱使百姓罹乱，最终自取灭亡，这些事天下之人有耳共闻，有目共睹，众所周知。但如果仔细探寻两汉灭亡的原因，那么致使西汉灭亡的人是张禹，使东汉灭亡的人是胡广。他们都假借传播儒学来满足自己的私心，一心求取盛大显著的声名，并爬上了三公宰辅的高位。他们说的每句话，与国家都有很重要的利害关系。可他们多方阿谀奉承，只求保全自己的官职俸禄。张禹坑陷当时的君主汉成帝以致滋长祸患，胡广依附于恶人梁冀以致结成祸胎。因此两汉颠覆灭亡的隐微迹象，王莽、董卓篡位夺权的先兆，都是因为张、胡二人才渐渐形成的。张、胡二人虽然距西汉或东汉灭亡的年代较远，但祸乱的造成就好像他们亲自授意指挥的一样。这两个人造成的危害，哪里是王莽、董卓之乱可以相比的啊?

点评

权德舆是中唐时人，他能书善文，为政公正，兼有政声和文名。这篇《两汉辩亡论》是其代表作之一，探讨了两汉灭亡的原因。论史者谈论两汉灭亡之事，往往将其归因于权奸篡政，视王莽、董卓为千古罪人；而权德舆则认为灭亡两汉者并非王莽、董卓，而是在史上还算有声誉的张禹、胡广。这一观点不同于以往，令人耳目一新，然仔细分析却发现其见解超群。所谓“千里之堤，毁于蚁穴”，任何大的恶果都是积累小恶所致。张、胡二人身居高位、手持政柄，本应有所担当，但他们心存私利，一味谄媚求宠，只求保位持禄，放纵权臣弄奸，无视国家危亡，以致酿成亡国的恶果。追根寻源，张禹、胡广显然难逃罪责。这篇文章意在强调国家重臣对国家的前途有着重要的作用，他们应当立足本职，有所担当，不可只求禄位而无所事事。

子产不毁乡校颂[①]

〔唐〕韩愈

我思古人，伊郑之侨[②]。以礼相国，人未安其教。游于乡之校，众口嚣嚣。或谓子产："毁乡校则止。"曰："何患焉，可以成美。夫岂多言，亦各其志。善也吾行，不善吾避。维善维否，我于此视。川不可防，言不可弭。下塞上聋，邦其倾矣。"既乡校不毁，而郑国以理。

在周之兴，养老乞言[③]。及其已衰，谤者使监。成败之迹，昭哉可观。维是子产，执政之式。维其不遇，化止一国。诚率是道，相天下君，交畅旁达，施及无垠。

於乎[④]，四海所以不理者，有君无臣。谁其嗣之？我思古人。(《韩愈文集汇校笺注》卷三)

注释

① 子产：名侨，字子产，春秋时期著名政治家、外交家。他在郑国执政，整顿了国家的政治秩序，并从大局出发，虽损害了贵族的利益，却使百姓得到好处，因而受到人们的歌颂。乡校：指西周、春秋时设在乡的学校，也是国人议论政治的地方。子产不毁乡校一事，见于《左传·襄公三十一年》，是子产治理郑国的一大功绩。

② 伊：句首语气词。郑之侨：子产名侨，是郑穆公之孙。

③ 养老乞言：周朝兴盛的时候，曾奉养一些年老而有声望的人，让他们提意见，帮助国君把国家治理好。《诗经·大雅·行苇》序："周家忠厚，仁及草木，故能内睦九族，外尊事黄耇，养老乞言，以成其福禄焉。"

④ 於乎：同"呜呼"。

大意

我崇敬的古人，第一个就是郑国的子产。（他开始执政的时候）用礼来治理国家，大家却不理解他的策略。来到辩论的场所——乡校，众人议论纷纷。有人对子产说："毁掉乡校，议论就停止了。"子产说："有什么可担心的呢？可以把它变成好事啊。哪能说是议论多了呢？也就是各抒己见啊。对的，我们就采纳；不对的（或者可能把事情搞坏的），我们就防止。是好是坏，我们就（从众人的议论中）观察一下。河流不能堵塞，言论不能阻止。堵塞言路，主上蒙蔽，国家就要衰败了！”乡校没有被毁掉，而郑国被治理得很好。

周初兴盛，（是因为）奉养年老有德之人，听取他们的意见。（西周）衰败，是（周厉王）派人监视提意见之人的结果。成功、失败的事例，可以清楚地看出来。这子产啊，执政的方式（很难得）。因为其难得，才能治理好一个郑国。如果真的都用子产执政的方式，帮助天下的君主，（那么天下就能）政通人和。

哎！天下没有治理好，（是因为）只有君主而没有贤臣啊。谁能继承子产之风呢？我思慕古人。

点评

唐德宗时，发生了太学生薛约因进言而得罪当权者的事件，由此引发了一场风波。贞元十五年（799），薛约被迁往连州（今广东连州），国子司业阳城十分同情薛约的遭遇，亲自为他设宴送行，于是被视为偏袒罪人，贬为道州刺史。此事发生后，二百七十位太学生来到朝门请愿，要求留下阳城，他们的奏疏因被官员阻挡而未能送上。这种做法引起了许多正直之士的不满。就在这一年，作者以徐州节度使张建封僚属的身份来到京城，写下了这篇文章，借咏叹春秋时期郑国贤相子产不毁乡校之事，提出治国从政当以古人为借鉴，做到广开言路、虚心纳谏、了解下情。

文章第一段对“子产不毁乡校”的故事做了叙述，中心思想是“川不可防，言不可弭。下塞上聋，邦其倾矣”这四句话。第二段举了反面的例子，就是《国语·周语》中著名的周厉王监谤之事。可能子产就是吸取了周厉王失败的教训，才悟出了乡校不可毁的道理。最后一段，韩愈有感而发，“四海所以不理者，有君无臣。谁其嗣之？我思古人”，作者以为天下之所以得不到良好的治理，就在于没有称职的良臣。因此，他对子产这样的贤能之士特别怀念。明代文学家茅坤曾言：“子产之识远，故不毁乡校；退之（韩愈字退之）之思深，故为颂。”

当然，历史的经验证明，国家的有效治理，不能只靠圣君贤相，更要有健全的政治和法律制度，要做到上通下达，要让社会上各方面的不同意见及时表达出来，通过实践和比较，找出正确、合理的从政方式和策略。

华佗论（节选）

〔唐〕刘禹锡

史称华佗以恃能厌事[①]，为曹公所怒[②]。荀文若请曰[③]：“佗术实工，人命系焉，宜议能以宥。”曹公曰：“忧天下无此鼠辈邪！”遂考竟佗。至仓舒病且死[④]，见医不能生，始有悔之之叹。嗟乎！以操之明略见几，然犹轻杀材能如是。文若之智力地望，以的然之理攻之，然犹不能返其恚。执柄者之恚，真可畏诸！亦可慎诸！

原夫史氏之书于册也[⑤]，是使后之人宽能者之刑，纳贤者之谕，而惩暴者之轻杀。故自恃能至有悔悉书焉。后之惑者，复用是为口实。悲哉！夫贤能不能无过，苟置于理矣，或必有宽之之请。彼壬人皆曰[⑥]：“忧天下无材邪！”曾不知悔之日，方痛材之不可多也。或必有惜之之叹。彼壬人皆曰：“譬彼死矣，将若何？”曾不知悔之日方痛生之不可再也。可不谓大哀乎？（《刘禹锡集》）

注释

① 华佗：字元化，沛国谯县（今安徽亳州）人，东汉末期著名的医学家，与董奉、张仲景并称为“建安三神医”。华佗医术全面，尤其擅长外科，精于手术。可惜晚年因遭曹操怀疑，被下狱拷问致死。

② 曹公：指东汉末年政治家曹操。

③ 荀文若：荀彧，字文若，颍川颍阴（今河南许昌）人。出身士族，少有才名，初依附于袁绍，后投奔曹操。官至尚书令而参与军国大事。后因反对曹操称魏公，被迫自杀。

④ 仓舒：曹冲，字仓舒，曹操和环夫人之子，深得曹操宠爱。只可惜还未成年就病逝了，年仅十三岁。

⑤ 史氏：原指史官，此指记载华佗被杀一事的《三国志》的作者陈寿。

⑥ 王人：奸佞之人，指巧言谄媚、不行正道的人。

大意

史书上说华佗因自恃其才能卓著而厌恶服侍权贵，所以才被曹操所怨恨。荀彧谒见说：“华佗的医术确实高明，这关系到人命，应该考虑他的才能而宽恕他。”曹操说：“何必担忧天下没有这样的鼠辈呢！”最终因为拷打而使华佗死在狱中。等到爱子曹冲生病将要死的时候，曹操发现请来的医生都不能治好儿子的病，才开始发出后悔杀死华佗的感叹。唉！凭着曹操能够洞察事物细微变化的深明韬略，还是如此轻易地杀掉了有才智和能力的人。荀彧凭借自己的智谋、门第和名望，用十分明白的道理来劝阻曹操，还是不能使他平息怒气。执政者发怒，真是令人害怕。但这样的事情也是执政者应当谨慎的啊！

推究陈寿之所以在《三国志》中记载这件事，是为了使后人放宽对有才能之人的刑罚，采纳贤德之人的劝告，而惩戒残暴之人的轻率杀戮。因此将华佗自恃才能到曹操有悔意，全都详细地记载在了史书上。后世不懂史家用意的人，却用这作为轻易杀人的借口，真可悲啊！贤能的人不会没有过失，假如按法理处置，有的人一定会提出宽恕他的请求。这时候，那些奸佞小人都会说："何必担忧天下没有人才呢！"竟不知到了后悔之时，才会痛惜人才的不可多得，甚至会发出惋惜人才的叹息。这时候，那些奸佞小人都会说："譬如他已经死了，又该怎么办呢？"竟不知到了后悔之时，才痛惜被处死的人才不能够重新获得生命。这难道不是极大的悲哀吗？

点评

华佗是东汉末年颇具传奇色彩的一位名医，他为关羽刮骨疗毒、为曹操治疗头风病的故事，至今仍广为流传。

历史上的华佗少时曾在外游学，行医足迹遍及安徽、河南、山东、江苏等地。他精通内、妇、儿、针灸各科，发明了麻沸散，首创用全身麻醉法施行外科手术，后世尊之为“外科鼻祖”，与董奉、张仲景并称为“建安三神医”。如今很多人都用“华佗再世”称誉医术杰出的医师。

刘禹锡的这篇文章，不是讨论华佗的医术，而是对他被曹操杀害一事发表感慨。文章嗟叹曹操不能任用华佗，终致后悔之事，实则是探讨任用人才的问题。如何对待人才，是执政者应该关注和考虑的问题。刘禹锡认为，人无完人，仅仅因为犯了小错就轻易地将有才智和能力的人杀掉，是非常不明智甚至是残暴的行为。执政者遇到人才就应当加以保护并想方设法进行使用，这才是国家发展的大计。

刘禹锡写这篇文章时，正值中唐时期以王叔文、王伾为首的“永贞革新”失败之际，革新首领被赐死，其他骨干纷纷被贬谪，刘禹锡就是其中之一。他借此文表达了对唐朝当时统治者不重人才、滥杀能士的不满，同时也在用文章敲响历史的警钟，以鉴后世。

说　骥[①]

〔唐〕刘禹锡

伯氏佐戎于朔陲[②]，获良马以遗予。予不知其良也，秣之稊秕[③]，饮之污池；厩枥也[④]，上痹而下蒸[⑤]；羁络也，缀索而续韦，其易之如此。予方病且窭[⑥]，求沽于肆。肆之驵亦不知其良也[⑦]，评其价六十缗。将剂矣[⑧]，有裴氏子赢其二以求之，谓善价也，卒与裴氏。

裴所善李生，雅挟相术，于马也尤工。睹之周体，眙然视[⑨]，听然笑，既而抃随之[⑩]。且曰："久矣，吾之不觏于是也。是何柔心劲骨，奇精妍态，宛如锵如，晔如翔如之备邪[⑪]！今夫之德也全然矣，顾其维驹，藏锐于内，且秣之乖方[⑫]，是用不说于常目[⑬]。须其齿备而气振平，则众美灼见，上可以献帝闲[⑭]，次可以鬻千金。"裴也闻言竦焉。遂儆其仆，蠲其皂[⑮]，筐其恶，蹙其溲[⑯]，穛以美荐，秣以芗粒[⑰]，起之居之，澡之抿之[⑱]，无分阴之怠。斯以马养，养马之至分也。居无何，果以骥德闻。

客有啗予以丧其宝，且讥其所贸也微。予洒然曰："始予有是马也，予常马畜之。今予易是马也，彼宝马畜之。宝与常，在所遇耳。且夫昔之翘陆也[19]，谓将蹄将啮，抵以棁策[20]，不知其籋云耳[21]；昔之嘘吸也，谓为疵为疠，投以药石，不知其喷玉耳。夫如是，则虽旷日历月，将顿踣[22]，是以曾何宝之有焉？由是而言，方之于士，则八十其缗也，不犹逾于五羖皮乎[23]？"客谡而竦[24]。予遂言曰："马之德也，存乎形者也，可以目取，然犹违之若此。矧德蕴于心者乎[25]？斯从古之叹，予不敢叹。"（《刘禹锡集》卷六）

注释

① 骥（jì）：本意指好马，一种能日行千里的良马，也比喻贤能之人。

② 佐戎：协助军务。朔：北方。陲：边陲，边疆。

③ 秣（mò）：喂牲口。稊（tí）：草名。形似稗，实如小米。秕（bǐ）：指子粒不饱满的谷子。

④ 厩（jiù）：马棚。枥（lì）：马槽，喂马的地方。

⑤ 痹（bì）：气流不畅。

⑥ 窭（jù）：贫穷。

⑦ 驵（zǎng）：骏马，这里指马匹市场的经纪人。

⑧ 剂：古代买卖时用的契券。

⑨ 眙（chì）然：直视貌。

⑩ 抃（biàn）：鼓掌，表示欢欣。

⑪ 晔如：灿烂的样子。翔如：飞扬的样子。邪（yé）：同“耶”，疑问助词。

⑫ 乖方：指方法不得当。

⑬ 说（yuè）：同“悦”，喜欢。

⑭ 帝闲：皇帝的马厩。

⑮ 蠲（juān）：同“涓”，清洁。皂：通“槽”。

⑯ 蜃（shèn）：用作动词，用蜃器装。蜃器是以蜃贝为饰的祭器。

⑰ 芗（xiāng）：用以调味的香草。

⑱ 拞（zhèn）：擦拭。

⑲ 翘陆：举足跳跃。

⑳ 檛（zhuā）：马鞭。

㉑ 苶（niè）：通“蹑”，踏。

㉒ 顿踣：跌倒，引申为困顿。

㉓ 五羖（gǔ）皮：春秋时期，秦穆公得知百里奚的贤名，于是用五张公羊皮将其从楚人手中赎回。羖：公羊。

㉔ 谡（sù）：起，起来。

㉕ 矧（shěn）：况且，何况。

大意

伯氏在北方边陲协助军务，得到一匹良马送给了我。我不知道它是良马，于是喂它吃稊米秕谷，让它在不干净的池子中喝水。马厩和马槽，上面气闷、下面郁热；笼头和缰绳，是连好的断绳、接好的牛皮，对马就是这样的轻视。我正生病而且又贫穷，想在市场上把马卖掉。市场上的卖马者也不知道它是良马，估算的马价是六十缗。就要签买卖合约时，有个姓裴的人加了二十缗要求购买，我认为这是个好价钱，最终卖给了裴氏。

与裴氏交好的李生，颇善相术，对于相马特别擅长。他观察了马的周身形体，瞪着眼睛瞧，张着嘴巴笑，然后鼓掌欢呼。并且说道："我很久没见过这样的马了。这马心性柔顺，骨骼强劲，精气奇拔，姿态美妙，那样宛转，那样铿锵，那样灿烂，那样飞扬，马的优良品性它都具备了，但还只是匹马驹，精锐蕴藏在内，何况喂养的方法不对，因此平庸眼力的人并不看好它。等到它的牙齿长全、气势奋发，各种优点就会耀眼地显现出来，上可以进皇帝的马厩，次可以卖出千金之价。"裴氏听了肃然起敬。于是督促他的仆人，清理槽臼，用筐装垃圾，用畚装粪便，喂美味的草料，吃软香的小米，好好服侍起居，又是洗，又是擦，一分一秒都不懈怠。从养马来说，这是最高境界了。过了不久，此马果然以良马著称。

有个客人因为我失去了宝物来慰问我，还讥讽我卖的价钱便宜了。我洒脱地说：“当初我拥有这匹马，就当普通马来养。如今卖了这马，那个人当宝马来养。宝贵还是普通，就在于遭遇到什么啊。况且，原来它要跳跃，我以为是要踢要咬，就用马鞭来对付它，却不知道它能上踏浮云。原来它嘶鸣，我认为它是生病了，于是喂它吃药，却不知它的唾沫如雪如玉。这样下去，熬个一年半载，它就会疲顿趴倒，还怎么被视为宝物呢？从这点来说，和读书人相比，那八十缗，不也超过了五张羊皮的价值吗？”客人起立，肃然起敬。于是我说：“马的品性，存在于它的形体之中，可以用眼睛看出来，但还是会看走眼。更何况德行蕴藏在人的心中呢？这是自古以来的叹息，我不敢感叹了。”

点评

古文中有论、说二体，二者性质相近，又有所区别。论，重在说理；而说，重在说明、阐释。一般而言，题目为“说”的文章，多带有杂文、杂感的性质，或论述作者的见解，或抒发内心的感触；本文就属于此类，且着重于后者。

文章分为两大部分。前一部分重在叙事，包括得马、售马、相马的始末等。后一部分则是议论，围绕的中心即“宝与常，在所遇耳”。作者认为，即便有良马，但没有遇到能识者，就会以平常的马来对待，甚至会用马鞭来对付它，这样又“何宝之有”呢？如果有慧眼识之者，就会以宝马养之，如此才能使其成为良骥。其关键，一要遇识，二要善待。至此，我们不禁想到韩愈在《杂说四首》中阐述的观点：“世有伯乐，然后有千里马。千里马常有，而伯乐不常有。”没有伯乐，千里马就不会被发现，终会沦为常马，“不以千里称也”。

刘禹锡之所以发出这样的感叹，与他的经历是分不开的。步入仕途的刘禹锡，雄心勃勃，准备施展自己的理想和抱负。他参加了王叔文等人领导的永贞革新，却遭到失败，而被贬官，在外漂泊二十多年。后虽入朝为官，但都是些无足轻重的职位，并没有受到重用。刘禹锡心情十分郁闷，乃作此文，抒发感想。文章的最后说：可以目取的马，尚且不易为人所识，何况是美德和才智蕴藏于内心的人呢？那就更难为人所赏识了。作者才高运蹇、怀才不遇的愤懑之情显露无遗。

当然，作者的深意还在于，他要对唐朝后期改革的夭折、人才的埋没、制度的腐朽等社会现实进行揭露和批判，这就使本文更具社会意义和现实意义了。

书褒城驿壁[1]

〔唐〕孙樵

褒城驿号天下第一。及得寓目，视其沼，则浅混而茅；视其舟，则离败而胶[2]；庭除甚芜，堂庑甚残，乌睹其所谓宏丽者？

讯于驿吏，则曰："忠穆公曾牧梁州[3]，以褒城控三节度治所，龙节虎旗，驰驿奔轺[4]，以去以来，毂交蹄劘[5]，由是崇侈其驿，以示雄大。盖当时视他驿为壮。且一岁宾至者，不下数百辈，苟夕得其庇，饥得其饱，皆暮至朝去，宁有顾惜心耶？至如棹舟，则必折篙破舷碎鹢而后止[6]；渔钓，则必枯泉汩泥尽鱼而后止[7]。至有饲马于轩，宿隼于堂[8]，凡所以污败室庐，糜毁器用。官小者，其下虽气猛可制；官大者，其下益暴横难禁。由是日益破碎，不与曩类[9]。某曹八九辈，虽以供馈之隙，一二力治之，其能补数十百人残暴乎？"

语未既，有老甿笑于旁，且曰："举今州县皆驿也。吾闻开元中，天下富蓄，号为理平，踵千里者不裹粮，长子孙者不知兵。今者天下无金革之声，而户口日益破，疆场无侵削之虞，而垦田日益寡，生民日益困，财力日益竭，其故何哉？凡与天子共治天下者，刺史、县令而已，以其耳目接于民，而政令速于行也。今朝廷命官，既已轻任刺史、县令，而又促数于更易。且刺史、县令，远者三岁一更，近者一二岁再更。故州县之政，苟有不利于民，可以出意革去其甚者，在刺史曰：‘明日我即去，何用如此！’在县令亦曰：‘明日我将去，何用如此！’当愁醉醲[10]，当饥饱鲜，囊帛椟金，笑与秩终。”

呜呼！州县真驿耶？矧更代之隙，黠吏因缘，恣为奸欺，以卖州县者乎！如此而欲望生民不困，财力不竭，户口不破，垦田不寡，难哉！予既揖退老盰，条其言，书于褒城驿屋壁。（《全唐文》卷七九五）

注释

① 褒城驿：驿是古代在交通要道上设置的供官员和传递公文的人员暂住或更换马匹的场所。褒城驿位于今陕西褒城西南。

② 离败而胶：破损搁浅。

③ 忠穆公：即严震，唐德宗时任梁州刺史兼御史大夫、山南西道节度使。

死后谥号忠穆。

④ 轺（yáo）：古代的轻便马车。

⑤ 劘（mó）：摩擦。

⑥ 鹢（yì）：一种水鸟，人们常将其模样绘于船头，后泛指船只。

⑦ 汩泥：搅浑泥水。

⑧ 隼（sǔn）：一种似鹰的猛禽。

⑨ 曩（nǎng）：过去，'从前。

⑩ 醲（nóng）：醇厚浓烈的美酒。

大意

褒城驿站号称天下第一。等我亲眼看到的时候，观看它的池塘，水浅浑浊，浮满杂草；观看它的舟船，毁坏破败，搁浅滩上；庭院台阶杂草丛生，屋宇残破不堪。哪里能看到所谓的宏大壮丽呢？

向管理驿站的官吏询问，得到回答："忠穆公严震曾掌管梁州，由于褒城控制着三个节度使治所的要道，打着各种旌节旗帜的官吏差人、奔驰的驿马、行驶的车辆，来来往往，车毂相撞，马蹄相磨，络绎不绝，因此特意扩大了驿馆的建筑规模，以显示其雄伟宏大。褒城驿在当时看上去比其他驿站更为壮观。而且一年中到褒城驿歇宿的宾客不少于几百人，但他们需要的只是夜间得以歇宿，饥饿得以饱食，晚上前来一早离去，哪里有顾念爱惜之心呢？撑船一定要折断船篙，损坏船舷，破碎船头方才停止；捕鱼一定要枯竭河流，搅浑泥水，彻底捕尽才肯罢休。甚至有人在房中喂马，堂中栖鹰，这些都是导致房屋污损破败、器物浪费毁坏的原因。职位低的官员，他们的随从虽然嚣张，但尚可制止；职位高的官员，他们的随从则更加凶暴蛮横，难以禁阻。因此褒城驿日见破损，与以前大不相同。我们八九个人虽然在供给客人饮食后的余下时间里尽力修缮，但又怎能补救千百人的破坏呢？”

驿站官吏的话还没讲完，有个老农在旁边笑了，并说道：“现在所有州县都和驿站一样。我听说开元年间，天下富庶繁荣，人口众多，号称太平盛世。行走千里的人不用携带干粮，养育子孙的人不知何为战争。如今天下虽没有战争，但户籍人口却一天天减少；边疆没有遭遇被入侵的忧患，但开垦的荒地却一天天短缺；百姓生计日益穷困，国家财力日益枯竭，这是什么原因呢？和皇帝一起治理天下的，是刺史、县令这些官员，因为他们可以耳闻目睹百姓的生活，政策法令也是经由州县而迅速推行。如今朝廷委任官员，既然已经任命了刺史、县令，却又急促频繁地调动更换。刺史、县令的任期，时间长的三年更换一次，时间短的一两年内便更换两次。因此州县政务中那些不利于百姓但可以谋划解决的大问题，在任刺史却说：‘明天我就要卸任了，哪里用得着这样做！’在任的县令也说：‘明天我将要卸任了，哪里用得着这样做！’于是他们愁闷之时酣饮美酒，饥饿之时饱餐美食，只等囊中放满绸缎，柜中装足金银，扬扬得意，做到任期结束。”

唉！州县难道真的就像驿站一样吗？况且新旧官员交替之时，狡猾贪婪的胥吏会趁机肆行奸诈欺侮之事，蒙骗刺史、县令呢！这样还想让百姓生计不穷困、国家财力不枯竭、户籍人口不减少、开垦土地不短缺，真是难啊！我送走老农之后，整理了他的话，写在褒城驿房间的墙壁上。

点评

孙樵是晚唐时期著名学者，在此文中，他通过自己在褒城驿站的见闻，对当时州县行政管理中存在的问题进行了直接的批判。他的批判从颇有象征意味的“驿站”讲起。过客匆匆，驿站不过是供过往人群临时歇宿的地方，谁会在驿站度过一生？谁又会像爱惜自家的居所一样爱惜驿站？褒城驿曾以辉煌繁荣名噪一时，但在过客的肆意践踏中伤痕累累，破败不堪，令人不胜唏嘘。在作者的叹息声中，老农一句“举今州县皆驿也”振聋发聩。晚唐时期的州县哪一个不像褒城驿一样？刺史、县令频繁更换如走马灯，他们在自己的位置上就如同客居驿站一般，反正很快要从这个位置上离开，又何必费尽心力要有所作为呢？只要积攒绫罗绸缎，搜刮金银财宝，当个太平官，任期结束时扬扬得意地离开就行了，哪里要管国家的衰败、州县的残破、耕地的减少、百姓的死活？州、县的遭遇与褒城驿何其相似！

追溯历史，作为国家重要的行政层级，州、郡、县一直处于“承上启下”的关键环节。州、郡和县的行政官员一方面要直接面对百姓，对他们的日常生计、生活状况负责，另一方面要贯彻和推行朝廷的政策法令，可见其对于国计民生的重要性是不言而喻的，而州、郡、县的运行管理机制、行政长官的素质水平也直接关系着地方治理的效果。晚唐时期，地方长官的不作为，直接导致了国力的衰弱和百姓生活的困苦，这也成为唐朝走向衰亡的一个主要原因。

在这篇文章的最后，“呜呼！州县真驿耶？”孙樵发出了深深的追问。这种追问不仅是对晚唐时期腐朽的行政管理体制的批判，更具有穿越历史时空的启示意义。二〇一五年六月三十日，习近平总书记在会见全国优秀县委书记时指出："郡县治，天下安。我多次讲过，在我们党的组织结构和国家政权结构中，县一级处在承上启下的关键环节，是发展经济、保障民生、维护稳定的重要基础，也是干部干事创业、锻炼成长的基本功训练基地。"这是中国共产党人在国家治理方面清醒而深刻的认识。今天的地方官员只有"始终做到心中有党、心中有民、心中有责、心中有戒"，才能为官一任，造福一方；才能真正心系群众、热爱群众、服务群众；才能清清白白做人、干干净净做事、堂堂正正做官，得到人民的真心拥护。

乞不用赃吏疏

〔宋〕包拯

臣闻廉者，民之表也；贪者，民之贼也。今天下郡县至广，官吏至众，而赃污擿发，无日无之。洎具案来上，或横贷以全其生[①]，或推恩以除其衅；虽有重律，仅同空文，贪猥之徒，殊无畏惮。昔两汉以赃私致罪者，皆禁锢子孙，矧自犯之乎！太宗朝尝有臣僚数人犯罪，并配少府监隶役[②]，及该赦宥，谓近臣曰："此辈既犯赃滥，只可放令逐便，不可复以官爵。"其责贪残，慎名器若此。皆先朝令典，固可遵行。欲乞今后应臣僚犯赃抵罪，不从轻贷，并依条施行，纵遇大赦[③]，更不录用，或所犯若轻者，只得授副使上佐[④]。如此，则廉吏知所劝，贪夫知所惧矣。（《包拯集编年校补》）

注释

① 横贷：超越法律而得到宽恕。

② 少府监：掌管制造门戟、神衣、旌节、祭玉、法物、牌印、朱记等物的部门。

③ 大赦：以国家命令的方式对某个时期的罪犯免除或减轻责罚。

④ 副使：指节度使或三司使等一类的副职。上佐：部下属官的通称。

大意

我听说：廉洁的官员是百姓的表率，贪官污吏是百姓的祸害。如今国家郡县分布十分广泛，官吏众多，受贿贪污被揭发的情况每天都有。等到整理成案卷呈送上来，有的犯人超越法律的许可而得到宽赦从而保住了性命，有的犯人受到他人的恩德消除了自己的罪名；即使有处罚严厉的法律，却如同一纸空文，那些贪婪猥琐之人，一点也不感到害怕。以前两汉时，因为贪赃而导致犯罪的人，都要禁止或限制他们的子孙做官，更何况他们自己犯罪呢！太宗时，曾经有几个臣子犯罪，都被发配到少府监去服劳役，等到应该宽免他们的时候，太宗皇帝对近臣说：“这些人犯的是贪赃受贿罪，只可以释放他们回去，听其自便，但决不能恢复他们的官位。”他责罚贪污、残害百姓的人，慎重地对待官爵礼制，就是如此严格。这些都是前朝好的法令制度，所以应该遵照执行。我想恳求（皇上您）今后对待因贪赃触犯法律的官员时，不轻易宽恕他们，应该依照条例执行，即使遇到大赦，也不再录用他们当官，有些犯罪较轻的人，也只授给他们副使上佐之类的官职。只有这样，廉洁的官吏才能明白该怎样勉励自己，贪赃的官吏才能知道应该畏惧什么。

点评

官员贪赃枉法、收受贿赂，是封建社会的一个痼疾。宋代官吏队伍急剧膨胀，贪污腐败之风日烈，民情激愤，怨声载道。包拯对此深恶痛绝，故写了这篇疏文上奏宋仁宗。在包拯看来，要让国家的法律对贪官产生足够的威慑，则执行层面一定不能苟且敷衍。如果法律不能作为国家的利器来切除腐败“毒瘤”，那么腐败必然会在帝国的官僚体制内迅速蔓延，进而侵蚀整个社会。为此，他建议对贪墨者一定不能从轻发落，要严惩不贷，阻断其青云直上之路。从当时的社会环境来看，没有比这更能触及贪官的痛处了！而包拯与天下贪官污吏为敌，表现出的疾恶如仇、刚正不阿的精神也为后人称颂。

盛衰之理在于人事

〔宋〕欧阳修

呜呼！盛衰之理，虽曰天命，岂非人事哉？原庄宗之所以得天下[①]，与其所以失之者，可以知之矣。

世言晋王之将终也[②]，以三矢赐庄宗而告之曰："梁[③]，吾仇也；燕王[④]，吾所立；契丹与吾约为兄弟[⑤]，而皆背晋以归梁。此三者，吾遗恨也。与尔三矢，尔其无忘乃父之志！"庄宗受而藏之于庙[⑥]。其后用兵，则遣从事以一少牢告庙[⑦]，请其矢，盛以锦囊，负而前驱，及凯旋而纳之。

方其系燕父子以组，函梁君臣之首，入于太庙，还矢先王，而告以成功，其意气之盛，可谓壮哉！及仇雠已灭，天下已定，一夫夜呼，乱者四应，仓皇东出，未及见贼而士卒离散，君臣相顾，不知所归。至于誓天断发，泣下沾襟，何其衰也！岂得之难而失之易欤？抑本其成败之迹，而皆自于人欤？

《书》曰："满招损，谦得益。"[⑧]忧劳可以兴国，逸豫可以亡身，自然之理也。故方其盛也，举天下之豪杰，莫能与之争；及其衰也，数十伶人困之，而身死国灭，为天下笑。夫祸患常积于忽微，而智勇多困于所溺，岂独伶人也哉[⑨]！（《新五代史·伶官传》）

注释

① 原：考察。庄宗：五代时后唐庄宗李存勖（xù）。后梁龙德三年（923）称帝，建都洛阳，国号唐，史称后唐。同年灭后梁，三年后，在兵变中被杀。

② 晋王：指李克用，李存勖之父。唐末平黄巢有功，拜河东节度使，封晋王。

③ 梁：指五代后梁。后梁太祖朱温曾参加黄巢起义，后降唐，封梁王，曾与李克用父子长期交战。

④ 燕王：指刘仁恭、刘守光父子。刘仁恭原为小军官，投靠李克用之后夺得了幽州（今北京）地区，又因李克用保荐，被任命为唐卢龙军节度使。后背叛李克用，投靠朱温。朱温灭唐称帝后，封刘仁恭之子刘守光为燕王。李克用说“燕王吾所立”，不是说燕王是他封的，而是说燕王是他扶持起来的。

⑤ 契丹：我国古代民族，居住在今辽河上游一带，916 年建契丹国，后改称辽国。辽太祖耶律阿保机曾与晋王约为兄弟。

⑥ 庙：太庙，帝王祭祀祖先的宗庙。

⑦ 从事：三公及州郡长官的僚属，这里泛指一般官员。少牢：古代祭祀，

牛、羊、猪各一称太牢，只有羊、猪为少牢。

⑧ 语出《尚书·大禹谟》：“满招损，谦受益，时乃天道。”

⑨ 伶人：宫廷里专供统治者娱乐的音乐、歌舞、戏剧或杂技演员。

大意

唉！国家盛衰的道理，虽说是由天命决定，难道就不是由人事造成的吗？推究后唐庄宗之所以取得天下，又之所以失去天下的原因，就可以明白了。

世人传说，晋王李克用临死前，将三支箭赐给儿子李存勖，并对他说：“梁，是我们的仇敌；燕王，本是我们扶持起来的；契丹，曾和我们结为兄弟，可是他们都背叛了晋国而依附于梁。这三件事是我的遗恨。交给你三支箭，不要忘记为父亲报仇的志向！”庄宗将箭收藏在太庙中。以后每逢打仗，先派手下随从用猪、羊祭祀太庙，然后把箭从太庙里恭敬地取出，装在织锦的袋子里，行军打仗时背着箭冲杀在最前面，等打了胜仗回来，再把箭收还于太庙。

当庄宗用绳子绑缚着燕王父子，用木匣装着后梁君臣的头颅，走进祖庙，把箭交还到晋王的灵座前，告诉他生前报仇的志向已经完成。此时的庄宗，他那神情气概，是何等威风雄壮！等到仇敌已经消灭，天下平定，一人在夜里起兵发难，反叛者四面响应，庄宗慌乱中出兵东进，没等见到叛军，将士就纷纷逃散。君臣面面相觑，不知投奔何方，乃至于呼天抢地，割断自己的头发，号啕大哭，这又是何等的衰败！难道说真是得天下难而失掉容易？还是说他的成败兴衰其实都是人为的原因呢？

《尚书》说："自满招来损害，谦虚使人受益。"忧患辛劳可以使国家兴盛，贪图安逸必定祸害终身，这是必然的规律。所以当他强盛时，普天下的豪杰，没有谁能与其争锋；而到他衰败时，数十个伶人就能令其困殆，乃至身死国灭，被天下人耻笑。祸患和危难常常是由一些小事积累形成的，智慧而勇敢的人也常常被自己沉迷的东西困扰消耗，这是普遍规律，何止是伶人的事！

点评

这是摘自《新五代史·伶官传》的一段著名史论。作者通过后唐庄宗李存勖复仇前励精图治，继位后宠幸伶官最终受其祸害身死亡国的事例，阐述了国家兴亡不由天命而依人事的道理，揭示出"忧劳可以兴国，逸豫可以亡身"的治国经验，指出"智勇多困于所溺"，统治者应该克制私欲，防微杜渐。文章短小有力，议论虽少而感情充沛，是一篇不可多得的佳作，清代文人沈德潜赞誉此文“抑扬顿挫，得《史记》神髓，《五代史》中第一篇文字”。标题为编者所拟。

北宋文学家、政治家欧阳修初入政界时，正值北宋王朝由盛转衰，政治弊端凸现，社会矛盾尖锐，外族入侵与农民起事此起彼伏。针对当时朝中的弊政，他力图实行政治改革，以挽救当时的危机，不料遭到当权派打压，无法施展政治抱负。欧阳修忧心忡忡，担心五代时期惨痛的历史又将重演。为了让统治者以史为鉴、及时醒悟，他亲自撰成七十四卷《五代史记》，后名《新五代史》，成为北宋设馆修史之后唯一的私修正史。

与高司谏书[①]（节选）

〔宋〕欧阳修

前日范希文贬官后[②]，与足下相见于安道家[③]。足下诋诮希文为人。予始闻之，疑是戏言；及见师鲁[④]，亦说足下深非希文所为，然后其疑遂决。希文平生刚正，好学通古今，其立朝有本末，天下所共知，今又以言事触宰相得罪[⑤]。足下既不能为辨其非辜，又畏有识者之责己，遂随而诋之，以为当黜。是可怪也。

夫人之性，刚果懦软，禀之于天，不可勉强。虽圣人亦不以不能责人之必能。今足下家有老母，身惜官位，惧饥寒而顾利禄，不敢一忤宰相以近刑祸，此乃庸人之常情，不过作一不才谏官尔。虽朝廷君子，亦将闵足下之不能，而不责以必能也。今乃不然，反昂然自得，了无愧畏，便毁其贤，以为当黜，庶乎饰己不言之过。夫力所不敢为，乃愚者之不逮；以智文其过，此君子之贼也。

…………

伏以今皇帝即位已来[6]，进用谏臣，容纳言论。如曹修古、刘越[7]，虽殁犹被褒称。今希文与孔道辅[8]，皆自谏诤擢用。足下幸生此时，遇纳谏之圣主如此，犹不敢一言，何也？前日又闻御史台榜朝堂[9]，戒百官不得越职言事，是可言者惟谏臣尔。若足下又遂不言，是天下无得言者也。足下在其位而不言，便当去之，无妨他人之堪其任者也。

昨日安道贬官，师鲁待罪，足下犹能以面目见士大夫，出入朝中称谏官，是足下不复知人间有羞耻事尔！所可惜者，圣朝有事，谏官不言，而使他人言之。书在史册，他日为朝廷羞者，足下也。(《欧阳修全集》)

注释

① 高司谏：高若讷，字敏之，时任左司谏，掌讽谕规谏。

② 范希文：范仲淹，字希文。仁宗时曾任陕西经略安抚副使，抵御西夏侵扰。庆历中，主张革新，但未能成功。

③ 安道：余靖，字安道，时任集贤校理。范仲淹坐事被贬知饶州（今江西鄱阳），余靖上书为其辩护，也遭贬斥。

④ 师鲁：尹洙，字师鲁，官河南府户曹参军。

⑤ 以言事触宰相得罪：指宋仁宗景祐三年（1036），范仲淹上《帝王好尚》《选贤任能》等四论批评朝政，指责宰相吕夷简任人唯亲，遂为其所恨，以

“越职言事，离间君臣，荐引朋党”的罪名将范仲淹贬为饶州知州。

⑥ 今皇帝：指宋仁宗赵祯。

⑦ 曹修古：字述之，累官殿中侍御史、刑部员外郎。仁宗即位之初，章献太后听政，权幸用事，曹修古直谏被贬。仁宗亲政时，曹修古已死，追赠右谏议大夫。刘越：字子长，官至秘书丞。曾与滕宗谅上书请章献太后还政，遭贬。仁宗亲政后，追赠左司谏。

⑧ 孔道辅：字原鲁，宋仁宗时以直谏著称。

⑨ 御史台榜朝堂：范仲淹被贬饶州后，御史韩缜仰合吕夷简之意，以范仲淹“朋党”张榜朝廷，禁止百官“越职言事”。御史台：官署名，为中央最高监察机关。

大意

前几天范仲淹被贬官之后，我和您在余安道家中会面，您当时极力诋毁讥笑范仲淹的为人。我刚听到这些话，还怀疑您是讲着玩的；但等到碰见尹师鲁，他也说您极力否定范仲淹的所作所为，我这才确信无疑了。范仲淹平生刚正不阿，精于学问，博古通今。他在朝为官，立身处事善始善终，秉持正义，这是天下人都知道的。如今又因直言进谏触怒了宰相而获罪。您既不能为他辨明无罪，又害怕持有那种见地的人会责备自己，于是就跟着他们一起来诋毁范仲淹，认为他应当受到贬斥。这真是太奇怪了。

说起人的性格，或刚正果敢，或怯懦软弱，都秉承天性，不可勉强改变。即使是圣人，也不会用办不到的事情去要求别人一定办到。如今您家中有老母，自身又舍不得官位，害怕挨饿受冻，一心追求利益俸禄，因而不敢冒犯宰相以致受刑遭祸。这也是平庸之辈的常情，只不过是做了一个不称职的谏官罢了。就是朝廷中品德高尚的人，也会同情怜悯您的无能为力，而不会强求您去做您做不到的事。如今您却不是这样，反而昂然挺胸十分得意，没有一丝一毫的羞愧，随意诋毁贤能之人，认为他应当遭受贬斥，希望以此掩盖自己不据理力争的过错。应该说，有能力而不敢去做，那只是愚笨之人做不到罢了；而用小聪明来掩饰自己的过错，那就成了混在君子中的败类了。

…………

我恭敬地以为，当今皇帝即位以来，能够进用谏官，采纳言论，如曹修古、刘越虽然已经去世，还是受到了褒扬。如今范仲淹与孔道辅都是由于敢于进谏而被提拔任用的。您幸运地生于此时，碰到如此能听取意见的圣主，尚且不敢说一句话，这是为什么呢？前几天又听说御史台在朝廷中贴出布告，告诫百官不可超越本职谈论政事，这样，能够进谏提意见的就只有谏官了。如果您又不说话，那么天下就没有可以说话的人了。您在谏官这个职位却不说话，就应该辞去这个官职，不要妨碍能胜任谏官之职的人来担任。

昨天余安道遭到贬谪，尹师鲁也等待被治罪，您竟然还有脸面去见士大夫们，出入朝廷声称自己是谏官，这只能说明您不再知道人世间竟还有羞耻一事了。令人痛惜的是，当今圣朝有事情，谏官不说话却让别人去说，这种事情如果被记载到史书上，那么以后使朝廷蒙受羞辱的，就是您了！

点评

宋仁宗时期，政事积弊甚多，当时的宰相吕夷简不顾大局而任人唯亲。为此，范仲淹多次上书主张革新，并指斥吕夷简的不作为，因而得罪了吕夷简，被贬知饶州。当时朝臣纷纷论救，而身为左司谏的高若讷非但不救，反而在友人家中诋毁范仲淹。欧阳修怒不可遏，便写了这封谴责信痛斥高若讷。

据史料记载，高若讷“畏惕少过”“强学善记”，还精于天文、医学。然而，在面对范仲淹被贬这一问题上，他却扮演了很不光彩的角色。时人皆知，范仲淹被贬并非政绩不佳，只因直陈社会的弊病得罪了宰相，为当权者所不容，实属冤枉。高若讷身为谏官，理应向皇帝据理力争，维持正义；孰料他却为了保全自己的禄位，丧失原则，对范仲淹进行诋毁，且不以为耻、反以为荣，这与他的身份和职位极不相称。欧阳修将他定性为“君子之贼”，可谓尖锐痛快，入木三分。文中，作者还以仁宗的开言纳谏，显示了高若讷的有悖君国、丧失职守，并通过与余安道、尹师鲁两人秉公直谏的凛然行为作对比，反照其“不复知人间有羞愧事”的事实，将他的伪善暴露无遗。

越州赵公救灾记（节选）

〔宋〕曾巩

熙宁八年夏[①]，吴越大旱。九月，资政殿大学士、右谏议大夫知越州赵公[②]，前民之未饥，为书问属县：灾所被者几乡，民能自食者有几，当廪于官者几人，沟防构筑可僦民使治之者几所，库钱仓廪可发者几何，富人可募出粟者几家，僧道士食之羡粟书于籍者其几具存，使各书以对，而谨其备。

州县吏录民之孤老疾弱、不能自食者二万一千九百余人以告。故事，岁廪穷人，当给粟三千石而止。公敛富人所输及僧道士食之羡者，得粟四万八千余石，佐其费。使自十月朔，人受粟日一升，幼小半之。忧其众相蹂也，使受粟者男女异日，而人受二日之食。忧其且流亡也，于城市郊野为给粟之所，凡五十有七，使各以便受之，而告以去其家者勿给。计官为不足用也，取吏之不在职而寓于境者，给其食而任以事。不能自食者，有是具也。能自食者，为之告富人，无得闭粜。又为之出官粟，得五万二千余石，平其价予民。为粜粟之所，凡十有八，使籴者自便，如受粟。又僦民完城四千一百丈，为工三万八千，计其佣与钱，又与粟再倍之。民取息钱者，告富人纵予之，而待熟，官为责其偿。弃男女者，使人得收养之。

…………

法，廪穷人，尽三月当止，是岁尽五月而止。事有非便文者，公一以自任，不以累其属。有上请者，或便宜多辄行。公于此时，蚤夜惫心力不少懈，事细巨必躬亲。给病者药食，多出私钱。民不幸罹旱疫，得免于转死，虽死，得无失敛埋，皆公力也。

是时旱疫被吴越，民饥馑疾疠，死者殆半，灾未有巨于此也。……公所拊循，民尤以为得其依归。所以经营绥辑先后终始之际[③]，委曲纤悉，无不备者。其施虽在越，其仁足以示天下；其事虽行于一时，其法足以传后。盖灾沴之行[④]，治世不能使之无，而能为之备。民病而后图之，与夫先事而为计者，则有间矣；不习而有为，与夫素得之者，则有间矣。予故采于越，得公所推行，乐为之识其详，岂独以慰越人之思，将使吏之有志于民者，不幸而遇岁之灾，推公之所已试，其科条可不待顷而具，则公之泽岂小且近乎！（《曾巩集》）

注释

① 熙宁八年：即 1075 年。熙宁：北宋神宗赵顼的一个年号，时间从 1068 年到 1077 年。

② 越州：州治在今浙江绍兴。赵公：指赵抃（1008—1084），字阅道，北宋衢州西安（今浙江）人。赵抃为官正直无私，由于他曾任殿中侍御史，所以京城中对他有“铁面御史”之誉。赵抃晚年执越州政务，治绩卓著。

③ 绥辑：安抚集聚。

④ 灾沴（lì）：指自然灾害。

大意

熙宁八年夏天，吴越一带遭遇严重旱灾。这一年九月，资政殿大学士、右谏议大夫赵抃出任越州长官。在百姓未被饥荒所苦之前，他就下文书询问所属各县遭受灾害的有多少乡，百姓能够养活自己的有多少户，应当由官府提供救济粮的有多少人，可以雇民工修筑沟渠堤防的有多少处，仓库里的钱粮可供发放的有多少，可以征募出粮的富户有多少，僧人道士以及读书人的余粮记录于簿籍的有多少实存，让各县呈文上报，并谨慎地做好准备。

州县官吏登记报告，全州孤儿、老人、疾病、体弱、不能养活自己的共有两万一千九百多人。以前的规矩，官府每年救济穷人，应当发到三千石粮米就停止。赵抃征收富户人家上缴的，以及僧人道士的余粮，共得谷物四万八千多石，就用它来补助救济的费用。规定从十月初一开始，每人每天领一升救济粮，孩童每天领半升。赵抃担心领米的人太多会相互践踏，又让男人、女人在不同的日子领米，并且每人一次领两天的口粮。他又担心乡民将流离失所，就在城镇郊外设置了发粮点共五十七处，让各人就近领粮，并通知大家，离开自家的不发给粮食。预料到负责发粮的官吏不够用，他便选取没有官职并住在越州境内的小吏，供给他们粮食并把事情委任给他们。不能养活自己的人，就有了这样的供应。能够买得起粮食的人，就告诫富人不能囤积米粮。赵抃又调出官粮共五万二千余石，以低价卖给百姓。设置卖粮点共十八处，让买粮的人就近购买，就像领粮一样。又雇民工修补城墙四千一百丈，费工三万八千人，计算他们的工时发给工钱，双倍发放粮食。有愿意出利息借钱的老百姓，官府劝告富裕人家放手借钱给他们，等田中谷熟，官府为债主出面责令他们偿还。被抛弃的男女孩童，都让人收养他们。

…………

按规定，遇灾年给穷人发放救济满三个月就停止，这年发放到五月才结束。有不便行公文处理的事情，赵抃一概自己承担责任，不连累下属官员。有需要请示上级的事，但有些因对救灾有好处，就立即施行。赵抃在这段时间，早晚操劳从未懈怠，事无巨细必定亲自处理。给病人吃药吃饭的开销花的多是自己的钱。百姓不幸遭遇旱灾瘟疫，能避免辗转死去；即使死了也不会无人收敛埋葬，都是靠赵抃的帮助。

这时旱灾瘟疫遍及吴越一带，百姓遭受饥荒瘟病，死去的将近一半，灾情没有比这更大的了。……赵抃抚慰百姓，百姓认为有了依靠和归宿。筹划安顿民众的事，孰先孰后以及如何开始如何结束，赵抃都尽力做到周到细致详尽，没有不考虑到的。他的施政虽然只在越州，但他的仁爱却足够昭示天下；他的措施虽然只是在短时间内实行，但他的方法却足够传给后人。太平时代不能避免灾害发生，却能够预先做防备。百姓受灾后才去思考对策，与事先有所考虑相比，就有很大差距了；不熟悉却还要去做，与那些平时就留心的人，两者也有很大差距。我特意到越地采访，收集到赵抃推行的一套办法，很乐意把它详细地记载下来，不仅用来宽慰越州人对赵抃的思念感激之情，而且使后来有心为民做事的官吏，在人们不幸遇到灾年的时候，能推行赵抃已经试行过的办法，这样救灾的章程条例顷刻就可以制定好，如此，赵抃的恩泽怎么能说是很小并且只影响眼前呢？

点评

《宋史·赵抃传》记载："吴越大饥疫，死者过半。(赵)抃尽救荒之术，疗病埋死，而生者以全。下令修城，使得食其力。"曾巩的这篇文章详尽地记述了越州知州赵抃救灾的情况，并发表了议论。

"民为贵""民为邦本"的民本思想是儒家一直强调的。在曾巩的观念中，民本思想同样占有重要的地位。这篇文章重在记述，作者将赵抃如何事无巨细地了解灾情，如何拿出切实可行的手段救灾，如何为了百姓疾苦，打破僵死的陈规惯例做了生动的描述，不仅表现了赵抃卓越的见识和才能，记录了可为后人借鉴的救灾经验，文中蕴含的民本思想更是显而易见的。还需指出的是，作者写这篇文章不仅是为赵抃树碑立传，更是将赵抃作为一个"有志于民"的官吏楷模来塑造，因为"其施虽在越，其仁足以示天下；其事虽行于一时，其法足以传后"，并号召其他官员向赵抃学习，这样就使得这篇文章成为经世致用之文，也符合儒家"文以载道"的准则。

说犬马

〔宋〕刘敞

由汉以来，苟进言于天子，无不以犬马自予者。呜呼！犬马之贱，诚若是甚矣。夫治国守道之臣，进以义，退以礼，而犬马之说不已贬乎？使夫乱国偷容之臣，进以利，退以刑，而犬马之说不已僭乎[①]？

夫犬之为人用也，不过受一器之食，然而外则有获兽之效，内则有御寇之猛，斯可谓适其材矣。今夫马之为人用也，不过尽一钧之刍[②]，然而外则有兵战之捷，内则有驰猎之奉，斯亦可谓适其材矣。故功著而利不益，身勤而事不害。如虽廉能之士，尽瘁不贰，何有能过焉？

若夫乱世偷容之臣，享五鼎[③]，禄万钟[④]，非特一器之食也。高堂华宇，宠章美服，非特一钧之刍也。挟虚誉而邀利，窃主权以移国。外之无获兽之效，内之无御寇之猛者，世不可胜纪也。所谓功薄而罪尤，身利而事害。如此何以自比犬马耶！且吾闻贼臣之丧国矣，未闻犬马之乱世也。诚使桓、灵、惠、怀之君⑤，其左右前后尽若犬马也，则天下何丧焉？故吾以谓乱国之臣，其不若犬马，未可以为比也。用贵拟贱之谓让，用贱拟贵之谓僭，然而以彼乱国之臣而比犬马，吾见其僭不见其让也。（《公是集》卷四二）

注释

① 僭（jiàn）：越分。

② 钧：古代重量单位，三十斤为一钧。

③ 五鼎：古代祭祀礼仪中，士用三鼎，大夫用五鼎。这里指享有以五鼎祭祀的资格和职位。

④ 禄万钟：形容享受很多俸禄。钟：古代容量单位，六石四斗为一钟。

⑤ 桓：指汉桓帝刘志。灵：指汉灵帝刘宏。惠：指晋惠帝司马衷。怀：指晋怀帝司马炽。这四位皇帝都是昏庸无能的君主。

大意

自汉朝以来，只要向天子进言，没有不以犬马的身份加诸己身的。唉！犬马的卑贱，真的像这种情形就太过分了。因为，遵守治国之道的臣子，按照礼义进退，比作犬马不是太贬低自己了吗？假若那些祸害国家、苟且偷生的臣子，因得私利而竞进，因怕刑戮而退缩，将这些人比作犬马不是太高看他们了吗？

如今犬供人使唤，不过受用一个器皿的食物，然而它对外有捕捉野兽的用处，对内又有防御盗贼的勇猛，可以说是尽到它的能力了。如今马供人使用，不过吃掉三十斤的草料，然而它对外有打仗取胜的用处，对内又有奔驰打猎的贡献，这也可以说是尽到它的能力了。它们功劳显著而得到的利益并没有增加，身体劳苦而仍然不影响人的役使。如此看来，即使是廉洁能干的人，鞠躬尽瘁，忠心耿耿，有什么地方能超过它们呢？

至于祸害国家、苟且偷生的臣子，享有用五鼎祭祀的职位，拿取万钟之多的俸禄，不仅仅是一个器皿的食物了。他们住着高大华丽的房屋，穿着标志皇帝宠爱的华美衣服，不仅仅是三十斤的草料了。他们挟着虚名招引私利，窃取君权倾覆国家。他们对外没有猎取野兽的用处，对内没有抵御盗贼的勇猛，这种人真是太多了。这就是所说的功劳微小而罪恶深重，自身得利而国家受害。像这种人怎么可以自比为犬马呢！况且，我只听说乱臣贼子能够亡国，还没有听说犬马能够乱世。如果汉桓帝、汉灵帝、晋惠帝、晋怀帝等君主的前后左右全是像犬马一样的人，那么天下怎么会衰败呢？所以，我根据这些认为，乱国的臣子不如犬马，不可用来做比喻。用尊贵比拟卑贱叫谦让，用卑贱比拟尊贵叫越分，将那些乱国的臣子比作犬马，我只看到他的越分而看不到他的谦让。

点评

刘敞（1019—1068），字原父，一作原甫，临江新喻（今江西新余）人，北宋史学家、经学家、散文家。庆历六年（1046）进士，官至集贤院学士。刘敞为人耿直，立朝敢言，为政有绩，出使有功。有《公是集》传世。

本文是一篇辛辣的讽刺性杂文。作者以犬马与贼臣相对比，指出犬马虽为牲畜，却可以做有益于人、有利于国的事，而贼臣为表忠心虽自称“犬马”，却做着崇尚虚名、谋求私利、窃取君权、损害国家之事，由此揭露出贼臣的虚伪性及其不如犬马的事实。刘敞生活的庆历年间，北宋内部官僚队伍庞大，行政效率低下，人民生活困苦；外部则在北方和西北边疆面临辽和西夏的威胁。这篇文章，正是在这样的背景下创作的，意在警醒从政者面对社会危机，应该真正像“犬马”那样，兢兢业业、鞠躬尽瘁，为百姓和国家尽自己应尽的一份职责。

兴　贤

〔宋〕王安石

国以任贤使能而兴，弃贤专己而衰。此二者必然之势，古今之通义，流俗所共知耳[①]。何治安之世有之而能兴，昏乱之世虽有之亦不兴，盖用之与不用之谓矣。有贤而用，国之福也；有之而不用，犹无有也。商之兴也有仲虺、伊尹[②]，其衰也亦有三仁[③]。周之兴也同心者十人[④]，其衰也亦有祭公谋父、内史过[⑤]。两汉之兴也有萧、曹、寇、邓之徒[⑥]，其衰也亦有王嘉、傅喜、陈蕃、李固之众[⑦]。魏、晋而下，至于李唐，不可遍举，然其间兴衰之世，亦皆同也。由此观之，有贤而用之者，国之福也，有之而不用，犹无有也，可不慎欤？

今犹古也，今之天下亦古之天下，今之士民亦古之士民。古虽扰攘之际，犹有贤能若是之众，况今太宁，岂曰无之？在君上用之而已。博询众庶，则才能者进矣；不有忌讳，则谠直之路开矣；不迩小人，则谗谀者自远矣；不拘文牵俗，则守职者辨治矣；不责人以细过，则能吏之志得以尽其效矣。苟行此道，则何虑不跨两汉，轶三代，然后践五帝三皇之途哉？（《王文公文集》）

注释

① 流俗：指普通百姓。

② 仲虺（huǐ）：商汤时期名臣，辅佐成汤灭夏，建立商王朝，成为一代名相，《尚书》中有《仲虺之诰》一篇。伊尹：商朝初年著名贤相、政治家、思想家，为商朝的强盛立下了汗马功劳。

③ 三仁：指商朝末年的微子、箕子、比干。微子见纣王昏聩残暴而离去，箕子、比干劝谏纣王而被辱、被杀。孔子称他们为“三仁”。

④ 十人：指周公旦、召公奭、太公望、毕公、荣公、太颠、闳夭、散宜生、南宫适、文母。

⑤ 祭公谋父：周代卿士，主张德政。内史过：周代名臣，协助国君掌管爵禄和策命，主张以民为本。

⑥ 萧、曹、寇、邓：萧即萧何，曹即曹参，二人都是协助和辅佐汉高祖刘邦打天下和经营天下的重臣。寇即寇恂，邓即邓禹，二人都是协助汉光武帝夺取天下的功臣。

⑦ 王嘉：汉哀帝时官至丞相，敢于直谏，痛陈政治得失。傅喜：汉哀帝时官至右将军，为人恭俭，忠诚爱国。陈蕃：主要活动于桓、灵之际，立志诛

杀乱政的阉党，最终却被阉党加害。李固：汉冲帝时官至太尉，为人有才德，疾恶如仇。

大意

国家因任用贤能的人而兴盛，因摒弃贤能的人独断专行而衰败。这两点，是必然规律，古往今来都是这样，也是一般人所能认同的。可为什么太平安定的时代，有了贤能之人就能够兴盛；混乱动荡的年代，即使有这样的人也不能兴盛呢？这就在于是否任用这些贤能之人了。有了贤能的人并加以任用，是国家的福气；有了贤能的人却不用，就像没有一样。商朝的兴起，有仲虺、伊尹这样的贤臣；等到衰败时，也有三位仁人。周朝兴起时，有与武王同心同德的十位贤人；等到衰败时，也有祭公谋父、内史过这样的贤臣。两汉兴起时，有萧何、曹参、寇恂、邓禹这样的人；等到衰败时，也有王嘉、傅喜、陈蕃、李固这样的贤人。从魏晋以后，一直到唐朝，这样的贤人很多，不能全部列举，而这其中有的出现在兴盛之时，有的出现在衰败之时，也和上面所说的相同。由此看来，有贤能之人并加以任用，是国家的福气；有了贤能的人却不用，就像没有一样。对于这一问题，怎么能不慎重对待呢？

现今的情况，和古代是相通的。现今的天下，就如同古代的天下。现今的士人和民众，也如同古代的士人和民众。古代在扰动不安的时代，还有像以上所说的那么多的贤能之人，何况现今太平安宁之世，怎么能说没有贤人呢？这就看君主和处于上位的人如何任用了。广泛征求众人的意见，有才能的人就能进用了；没有忌讳的事情，人们就敢于直言进谏了；不亲近小人，那些进谗阿谀之人就被疏远了；不斤斤计较于繁文缛节，不受制于世俗之见，主管相关部门的人就能够明辨地处理事务了；不因细小的过失而责备别人，有才能的人就可以按照自己的想法做事了。如果能够这样做，还怕不会超越两汉，胜过三代，而达到五帝三皇那样的盛世吗？

点评

这是一篇政论文，题为“兴贤”，即推举贤才的意思，也就是文章开头所说的“任贤使能”。北宋中期，积贫积弱的局面日益显现，身为政治家的王安石敏锐地察觉到了当时的社会危机，于是他决心改革，实行新政，以挽救时局。要想使改革顺利进行，就必须任用一批德才兼备的贤人，正是基于这一认识，王安石写了这篇文章，可以说此文是为他推行新法而做的舆论准备。

本文的主旨在于指出能否“任贤”，关系到国家的兴衰，是一个重大的原则问题。文章第一段列举了商、周、两汉的历史事实，意在说明无论治世还是乱世都不乏贤人的存在，关键在于用还是不用，用之则国家兴盛，弃之则国家衰亡，由此可见“任贤使能”的重要性和迫切性。文章第二段转而论今，提出了具体的任贤方法，建议君主要广开言路、选贤任能、亲贤臣而远小人。全文不到四百字，却把论史和议政结合起来，前后呼应，思路清晰，以古鉴今，颇具说服力。

材　论

〔宋〕王安石

天下之患，不患材之不众，患上之人不欲其众；不患士之不欲为，患上之人不使其为也。夫材之用，国之栋梁也，得之则安以荣，失之则亡以辱。然上之人不欲其众、不使其为者，何也？是有三蔽焉[①]。其尤蔽者，以为吾之位可以去辱绝危，终身无天下之患，材之得失无补于治乱之数，故偃然肆吾之志[②]，而卒入于败乱危辱，此一蔽也。又或以谓吾之爵禄贵富足以诱天下之士，荣辱忧戚在我，吾可以坐骄天下之士，而其将无不趋我者，则亦卒入于败乱危辱而已，此亦一蔽也。又或不求所以养育取用之道，而諰諰然以为天下实无材[③]，则亦卒入于败乱危辱而已，此亦一蔽也。此三蔽者，其为患则同。然而用心非不善，而犹可以论其失者，独以天下为无材者耳。盖其心非不欲用天下之材，特未知其故也。

且人之有材能者，其形何以异于人哉？惟其遇事而事治，画策而利害得，治国而国安利，此其所以异于人也。上之人苟不能精察之，审用之，则虽抱皋、夔、稷、契之智[④]，且不能自异于众，况其下者乎？世之蔽者方曰：“人之有异能于其身，犹锥之在囊，其末立见，故未有有其实而不可见者也。”此徒有见于锥之在囊，而固未睹夫马之在厩也。驽骥杂处[⑤]，饮水食刍，嘶鸣蹄啮，求其所以异者蔑矣。及其引重车，取夷路[⑥]，不屡策，不烦御，一顿其辔而千里已至矣。当是之时，使驽马并驱方驾，则虽倾轮绝勒，败筋伤骨，不舍昼夜而追之，辽乎其不可以及也，夫然后骐骥騕褭与驽骀别矣[⑦]。古之人君知其如此，故不以天下为无材，尽其道以求而试之耳。试之之道，在当其所能而已。

夫南越之修簳[⑧]，镞以百炼之精金，羽以秋鹗之劲翮[⑨]，加强弩之上而彍之千步之外[⑩]，虽有犀兕之捍，无不立穿而死者，此天下之利器，而决胜觌武之所宝也。然而不知其所宜用，而以敲扑，[⑪]则无以异于朽槁之梃。是知虽得天下之瑰材桀智[⑫]，而用之不得其方，亦若此矣。古之人君知其如此，于是铢量其能而审处之，使大者、小者、长者、短者、强者、弱者，无不适其任者焉。如是，则士之愚蒙鄙陋者，皆能奋其所知，以效小事，况其贤能智力卓荦者乎？呜呼！后之在位者，盖未尝求其说而试之以实也，而坐曰天下果无材，亦未之思而已矣。

或曰："古之人于材，有以教育成就之，而子独言其求而用之者，何也？"曰："天下法度未立之先，必先索天下之材而用之。如能用天下之材，则能复先王之法度。能复先王之法度，则天下之小事，无不如先王时矣，况教育成就人材之大者乎？此吾所以独言求而用之之道也。"

噫！今天下盖尝患无材可用者。吾闻之，六国合从，而辩说之材出；刘、项并世，而筹画战斗之徒起；唐太宗欲治，而谟谋谏诤之佐来[13]。此数辈者，方此数君未出之时，盖未尝有也。人君苟欲之，斯至矣。今亦患上之不求之、不用之耳。天下之广，人物之众，而曰果无材可用者，吾不信也。(《王荆公文集笺注》卷二十七)

注释

① 蔽：遮蔽，障碍，偏见。

② 偃然：安然，任意。

③ 諰諰（xǐ）：担心，害怕。

④ 皋、夔、稷、契：皋即皋陶，舜帝时掌刑之官，以正直闻名天下。夔，具有非凡的音乐才能，后受到舜的赏识，被提拔为乐官，主理乐舞之事。稷即后稷，尧舜时期掌管农业之官，为周朝的始祖。契，舜帝时掌教化之官，为商朝的始祖。

⑤ 驽骥：劣马和骏马。

⑥ 夷路：平路。

⑦ 骙袅（yǎo niǎo）：骏马。驽骀：劣马。

⑧ 修簳（gǎn）：长箭。

⑨ 劲翮（hé）：坚硬的翎管。

⑩ 彍（guō）：张满弓弩。

⑪ 然而不知其所宜用，而以敲扑：原本作“然用以敲朴”，文意稍差，今据《宋文鉴》改。

⑫ 瑰材桀智：奇伟杰出的人才。

⑬ 谟谋：计策谋略。

大意

天下需要忧虑的事，不是人才不多，而是在上之人不希望人才众多；不是士人不想作为，而是在上之人不让他们有所作为。任用人才，就像为国家挑选栋梁，得到他们，国家就会安定而繁荣，失去他们，国家就会灭亡而受辱。然而在上之人不希望人才众多，不让人才有所作为，这是为什么呢？这里有三种偏见。其中最突出的，就是认为自己的地位可以远离耻辱、断绝危害，一辈子都不会有天下危亡的祸患，人才的得失无关国家治乱，因此任意放纵自已，最终陷入失败、动乱、危亡和耻辱之中，这是一种偏见。还有人认为，我的爵位、俸禄、权位和财富足以引诱天下士人，他们的荣耀屈辱、忧虑悲伤都由我决定，我可以安然端坐，傲视天下士人，他们将无不归附于我，最终也陷入了失败、动乱、危亡和耻辱之中，这也是一种偏见。还有人不探求培养、教育和选用人才的方法，而是满怀忧虑地认为天下确实没有人才，最后也要陷入失败、动乱、危亡和耻辱之中，这还是一种偏见。这三种偏见，带来的危害是相同的。然而用心并非不好，还可以讨论失误原因的，只是那些认为天下没有人才的人吧。大概他们心中并非不想任用天下的人才，只是不知道其中的原因罢了。

何况有才能的人，外表与他人有什么不同呢？只是他遇到事情，就能很好地解决；出谋划策时，能辨明利害；治理国家，国家就能安定富强，这是其不同于他人之处。在上之人如果不能精心考察，审慎使用，那么有才能之人即使拥有皋陶、夔、后稷、契那样的才智，也不可能从常人中脱颖而出，何况才智低于他们的人呢？有偏见的人说："人们身上具备特殊才能，就像锥子放在口袋里，尖端立刻就会显露出来，因此没有具备才能却未被发现的人。"这种人只是看见锥子在口袋中的情形，却没有看到马匹在马厩里的状况。劣马、骏马混杂相处，喝水吃草，嘶叫踢咬，它们的不同之处是很少的。等到骏马拉着重车，走在平坦的道路上，不用频繁鞭打，不用操心驾驭，一拉缰绳，千里路程立刻到达。而这个时候，让几匹劣马并驾齐驱，即使跑坏车轮，拉断缰绳，累伤筋骨，昼夜不停地追赶骏马，还是远远赶不上，这之后好马劣马才判然而别。古代的君主懂得这个道理，所以不会认为天下没有有才之人，他们用尽办法寻找、考察人才。考察的方法，不过是让他们承担力所能及的工作罢了。

南越的长箭，以千锤百炼之金属为箭头，以秋鹗的硬翎为箭羽，置于强弩之上，满弓可射至千步之外，即使是凶猛的犀牛，也没有不被立即射穿而死的。这种箭是天下锐利的武器，是展示武力时应当珍视的。但是如果不知道它所适合使用的地方，而用来敲敲打打，那它就和腐朽枯槁的棍棒没有区别了。由此可知，即使得到了才智卓越的人，如果使用的方法不当，情况就会像这样。古代君主懂得这个道理，于是精心衡量一个人的才能，慎重对待，使大小、长短、强弱之才都担任他们适合的工作。如此，则士人中愚昧浅陋者，都能发奋振作，做一些小事，何况那些德才兼备、智力超群的人呢？唉！后世在位的君主，大概没有懂得这个道理并实际运用，只会说天下果然没有有才之人，这也是没有认真思考罢了。

有人说：“古人对于人才是采用教育的方法来造就他们，而你只讲寻求人才加以使用，这是为什么呢？”我说：

“天下法令制度没有建立之前，就必须先寻找天下的人才来使用。如果能使用天下的人才，就能恢复先王的法令制度。能恢复先王的法令制度，那天下的小事就和先王时代一样了，何况是教育造就人才这样的大事呢？这就是我只说寻求人才并加以使用这一道理的原因。”

唉！如今天下大概还有人担心没有人才可用。我听说，战国时六国合纵，辩论、游说的人才就出现了；刘邦、项羽并起争雄，出谋划策、勇武善战的人才就涌现了；唐太宗想要治理天下，谋略运筹、敢于直谏的辅臣就投奔而来了。这些人才，在那几位君主没有出现时，大概也不会显露出来。君主们想要得到他们，他们就纷纷前来了。现在忧虑的是在上之人不愿寻求人才，不愿使用人才。天下如此广大，人物如此众多，却偏要说果真无人才可用，我是不相信的。

点评

征贤求才，任贤用才，是成就事业的关键。中国古代政治家对此有过很多思考，最著名的莫过于唐代韩愈的《马说》。在文章中，韩愈生动地描写了千里马的遭遇：策之不以其道，食之不能尽其材，鸣之而不能通其意，执策而临之，曰："天下无良马！"还发出了"千里马常有，而伯乐不常有"的慨叹。足见识才辨才之难，才尽其用之难。

作为改革家、政治家的王安石，在《材论》中也将优秀的人才比喻为奔驰千里的骏马，但他的目的更加明确，即唤醒更多的"伯乐"。他敏锐地指出，身处"伯乐"之位的人，出于种种偏见，让无数的"千里马"老死于槽枥之间，蹉跎一生，虚掷光阴，才华耗尽。真正想要有所作为的"伯乐"，不但要主动去寻找"骐骥騕袅"，还要精心考察，审慎使用，让这些"瑰材桀智"在最恰当的岗位上发挥最大的作用。"使大者、小者、长者、短者、强者、弱者，无不适其任者焉"，这种认识更为客观，眼光更为务实，胸怀更为博大，同时体现了王安石作为政治家的使命感和责任感。

医　谕

〔宋〕王令

一邑之医举十人，一人实能，而九人名不能。能者常任医，不能者常任人。任医者如何？曰：“某病也，是必砭[①]；某病也，是必药。”曰：“砭楚而药苦[②]，奈何？”曰：“病必砭药而已，如为置楚苦，则死未可讳也。”任人者如何？曰：“某病也，是宜砭；某病也，是宜药。”曰：“砭甚楚，如可药，易之。”曰：“是亦药可也，恶在其必砭[③]？”曰：“药甚苦，且奈何？”曰：“是亦有甘者尔，恶在其必苦？”以故而不能者常为用，能者常不用。

他日，邑长病，畴咨左右而可者，召其九人之一人焉，更数月而病无损。又召其一人焉，则又无损。更五六而不及能者。然后叹曰：“邑无医，后之者不尚前，不若复召初为医者。”已而召之。

噫！是人也，何不思使其有可疗之道，则前固用之矣，不待数月而后徒已也。如为无益，虽召之，将如病何？

一日，困且惫，其子有为能者言，则骂之曰："医召固在我，是故恶出夫彼？"

吁！乃人也何其瘳[4]，其于未死也幸！（《广陵先生文集》卷一三）

注释

① 砭：古代一种治病的石针，这里指用石针刺穴位治病。

② 楚：痛苦。

③ 恶：文言代词，表示疑问，哪里，何。

④ 瘳：病愈。

大意

一个邑的医生共有十个人，一个人有真本事，而其他九个人则徒有虚名，没有能耐。有真本事的医生在治病时总是自己说了算，无能的医生总是任由病人说了算。医生说了算是什么样呢？医生诊断说："某人病了，这人必须扎针；某人病了，那人必须吃药。"病人说："扎针很痛，吃药很苦，怎么办？"医生答："有病就必须扎针吃药才能好，如果为了不受痛不吃苦，那么死就是不可避免的了。”而任由病人说了算的医生是什么样呢？医生诊断说：“某人病了，这人应该扎针；某人病了，那人应该吃药。”病人说：“扎针很痛，如果可以吃药的话，请换一换。”医生就说：“这病吃药当然也可以，何必非要扎针呢？”病人又说：“吃药很苦，那怎么办？”医生回答：“这药还有甜的啊，为什么非要吃苦药呢？”这样，没有能耐的医生常常为人们所聘用，而有能耐的医生总是不为人们所接受。

一天，邑长病了，访求周围可以治病的医生，并从那九个没有能耐的医生中召来了一个。过了数月，病情不减，又召来其中一人，病情还是不见减轻。换了五六个，也没找那个有本事的医生。邑长后来叹道：“这里没有好医生啊，后面的几个还不如前面的高明，不如再找最初的那个吧。”不久便又让第一个医生来治病。

唉！这人啊，怎么不想想，如果他真有治疗疾病的办法，那么一开始就用上了，也不会等到几个月后再来，干这种徒劳无功的事。如果治而无效，即便叫他来了，又能对病怎么样呢？

一天，邑长感到困倦而疲惫，他的儿子告诉他应该找那位有能耐的医生来诊治，邑长听后骂道：“找哪个医生在于我，哪能由你说了算！”

唉！这种人，病怎么能好呢？他还没有死，真是万幸啊！

点评

这是一个很有现实针对性且具有讽刺意味的寓言故事。有能力、坚持原则的人，受到冷落；没有能力但会迎合的人，则往往受到重用。在中国古代社会，这是一个较为常见的现象，也是社会的一个痼疾，导致人才被埋没，国家失去前进的动力。作者王令借医生为邑长看病这个例子，把这种社会现象和盘托出，为的是给统治者以警示，让其注重具有真才实学且敢于直言的人，这些人才真能为国家做出贡献。

需要注意的是，文中的邑长实际指的是一类从政者，他们愿意听甜言蜜语，愿意接受别人的溜须拍马，而且自命不凡，十分顽固，即便别人（文中是邑长的儿子）提出了恰当的意见或合理的建议，他们也听不进去，甚至还会对进言者痛斥一番。作者认为，这样的人简直无可救药，早应该死去，即被罢职免官。

作者王令之所以能写出这样的文章，是与其志向分不开的。根据历史记载，王令七八岁时进书塾，读书十分刻苦，有时通宵达旦而不眠。少年时的王令，好助人，对他人的不义行为常常当面指责而无所顾忌，众人都很敬服他。后来他在天长、高邮等地以教学为生，平生有治国安民之志，王安石对其文章和为人都很推重。只可惜天妒英才，王令二十八岁时就去世了。他的创作时间虽然短暂，但对官场和民生都十分关注，这篇讽刺文章体现了他的直言不讳和对社会弊病的揭露，今天读来仍具有启发意义。

晁错论（节选）

〔宋〕苏轼

昔者晁错尽忠为汉，谋弱山东之诸侯，山东诸侯并起，以诛错为名；而天子不以察，以错为之说。天下悲错之以忠而受祸，不知有以取之也。

古之立大事者，不惟有超世之才，亦必有坚忍不拔之志。昔禹之治水，凿龙门，决大河而放之海。方其功之未成也，盖亦有溃冒冲突可畏之患；惟能前知其当然，事至不惧，而徐为之图，是以得至于成功。

夫以七国之强，而骤削之，其为变，岂足怪哉？错不于此时捐其身，为天下当大难之冲，而制吴楚之命，乃为自全之计，欲使天子自将而己居守。且夫发七国之难者，谁乎？己欲求其名，安所逃其患。以自将之至危，与居守至安；己为难首，择其至安，而遣天子以其至危，此忠臣义士所以愤怨而不平者也。(《苏轼文集》)

大意

当初晁错竭尽忠心为汉朝出力，谋划削弱山东诸侯王势力。山东诸侯王乘机联合起兵，借清君侧杀晁错的名义反叛朝廷。然而汉景帝不明察，以杀晁错的方法向各诸侯王解释。天下人都悲叹晁错因为尽忠朝廷而遭杀身之祸，却不知晁错也有自取其祸的地方。

古时能够建立宏大功业的人，不应当仅仅具有超出一般人的才能，还必须有坚忍不拔的意志。古时大禹治水，凿开龙门，疏通黄河，使黄河之水流进大海。当其治河功业尚未完成之时，大概也有堤坝溃决和洪水横冲的可怕灾难。只因为大禹事先估计到这种必然性，事情发生之时并不惊慌，而是从容不迫地图谋解决，所以获得了最后的成功。

当时的吴、楚、赵、胶西、胶东、菑川、济南等七国诸侯都非常强盛，晁错却要一下子削弱他们，七国诸侯王联合起兵叛乱，有什么奇怪的？晁错不在七国叛乱时献出自己全部身心，替天下去做抵挡七国叛乱的先锋，控制吴楚等国的命运，却为保全自己着想，想让汉景帝亲自率兵出征，自己却在后方防守。试问，引发七国叛乱的人，又是何人呢？自己想谋求功名，岂能逃避祸患？因为亲自带兵出征极为危险，留守后方十分安全。自己是挑起七国叛乱的祸首，却想选择十分安全的事情来做，把极为危险的事情留给汉景帝去做，这就是忠臣义士所以愤恨不平的原因所在。

点评

自吴楚七国之乱平定以后，以“智囊”著称的晁错被赋予了“忠臣”的称号，而汉景帝则背上了听信谗言、错杀大臣的罪名。然而，在北宋大文豪苏轼的眼中，晁错的“忠”并不完美，他的被杀甚至有些咎由自取的意味。

苏轼认为：所谓“忠臣”就是要在不利的事情发生后，“事至不惧，徐为之图”，并做好“无务为自全之计”的准备，而不应选择逃避，把别人推到风口浪尖之上。更何况这个不利的事情还是因为自己挑起的。“古之立大事者，不惟有超世之才，亦必有坚忍不拔之志。”晁错只占了前者，而缺少后者。在自己惹出大难的时候，他选择的是临阵退缩、保全自身，这怎么能是一个“忠臣”应该做的事情呢？

苏轼的这篇文章或许使一些人改变对晁错原有的看法，或许会让一些人不能接受，无论如何，他至少为我们提供了一个评价忠臣的新视角。

任非其人，终致大祸

〔宋〕范祖禹

帝尝谓高力士曰[①]：“朕今老矣，朝事付之宰相，边事付之诸将，夫复何忧？”力士对曰：“臣闻云南数丧师，又边将拥兵大盛，陛下何以制之？臣恐一旦祸发，不可复救，何谓无忧？”帝曰：“卿勿言，朕徐思之。”自去秋水旱相继，关中大饥，杨国忠恶京兆尹李岘不附己[②]，以灾沴归咎于岘。九月，贬岘长沙太守。帝忧雨伤稼，国忠取禾之善者献之，曰：“雨虽多，不害稼也。”帝以为然。扶风太守房琯言所部水灾[③]，国忠使御史推之。是岁，天下无敢言灾者。高力士侍侧，帝曰：“淫雨不已，卿可尽言。”对曰：“自陛下以权假宰相，赏罚无章，阴阳失度，臣何敢言？”帝默然。

臣祖禹曰：明皇之言未为失也，其失者任非其人也，诚使朝事付之相如姚、宋[④]，边事付之将如王忠嗣[⑤]，夫复何忧哉？而以奸宄为贤能，巨猾为忠良，是以祸乱成而不自知也。自李林甫之时[⑥]，言路塞绝，以妄言为实，以实言为妖。杨国忠知其君之可欺也而欺之，公卿大夫百执事之人，宴安宠禄，谀佞成风，大乱将作，凡民且能知之，而无一人敢言者，盖其君子皆去，其立于朝者皆小人也。高力士，帷幄之臣，非有深谋远虑，心知其事，而不忍噤默，此非其忠义过人，盖朝廷无贤，百官失职，而至于宦者言天下之事，明皇亦可以悟矣，而曾不之省，以及于乱，不亦宜乎？（《唐鉴》）

注释

① 帝：指唐玄宗（唐明皇）李隆基。高力士：唐玄宗时期著名宦官。

② 杨国忠：唐玄宗宠妃杨贵妃的族兄，在杨贵妃得宠后飞黄腾达，并升任宰相。任宰相期间，他专权误国，排挤忠良，起用奸佞，败坏朝纲，最终导致了安史之乱的发生。李岘（xiàn）：唐朝宗室。任官有为，知人善任，依法理政，正气不阿。玄宗天宝时为京兆尹，因被杨国忠排挤，出任长沙郡太守。代宗时，官至宰相。

③ 房琯（guǎn）：唐代官员，开元时任卢氏县令，颇有政绩。天宝中，又任宜春、琅琊、扶风等郡太守。安史之乱爆发，他跟从玄宗逃往成都，升任为宰相。

④ 姚、宋：指姚崇、宋璟。两人均为唐代名相，为唐朝的发展励精图治，

贡献力量。

⑤ 王忠嗣：唐代名将。因受宰相李林甫的嫉恨而被诬陷，并受到审讯，不久后抑郁而终。

⑥ 李林甫：唐朝宗室，唐玄宗时官至宰相。担任宰相期间，他大权独握，蔽塞言路，排斥贤才，导致纲纪紊乱，被认为是使唐朝由盛转衰的关键人物之一。

大意

玄宗曾对高力士说："朕现在已经老了，朝廷的事交付给宰相，边境的事交付给各位将领，还有什么担忧呢？"高力士回答说："臣听说在云南几次战败丧师，而且边境将领拥兵太盛，陛下用什么来控制他们？臣怕一旦祸乱爆发，就再不能挽救，怎么说无忧呢？"玄宗说："卿不要说了，朕慢慢考虑一下。"自去年秋天水灾旱灾相继出现，关中大饥，杨国忠厌恶京兆尹李岘不依附自己，把天灾归咎于李岘。天宝十三载（754）九月，把李岘贬为长沙太守。玄宗担忧久雨会伤害庄稼，杨国忠拿来长得好的庄稼献给玄宗，说："雨虽然下得多，但没有伤害庄稼。"玄宗以为确是如此。扶风太守房琯报告所管辖的地区发生了水灾，杨国忠让御史写奏章揭发他的过失。这一年，天下没有人敢说有灾害。高力士在旁边侍候，玄宗说："淫雨久不停止，卿有什么话可以全部说出来。"高力士回答说："自陛下把大权交给宰相，赏罚没有章法，阴阳已经失去常度，臣哪里敢说话？"玄宗沉默不语。

臣下我范祖禹评论说：唐明皇的话没有说错，他的失误是任用的人不对。如果真把朝廷的事交给像姚崇、宋璟那样的宰相，边境的事交给像王忠嗣那样的将领，那还有什么担忧呢？可是他却把奸邪之人当作贤能之人，把巨猾当作忠良，所以祸乱已经形成而自己还不知道。自李林甫当宰相的时候起，进言之路就已被堵塞了，把欺妄的话当作实话，把实话当作妖言。杨国忠知道这个君主可以欺骗，于是就欺骗他，朝廷里的公卿大夫以及众多的官员，只知享受平安和贪图恩宠及俸禄，阿谀奸佞成风，大祸乱将要爆发，连百姓都能知道这一点，却没有一个人敢说出来，这是因为君子都离开了朝廷，立于朝廷的都是小人了。高力士是侍候玄宗生活的人，并不是有深谋远虑的人，他心中知道这些情况，而不忍沉默不言，他不是忠义过人的人，只是因为朝廷中已经没有贤才，所有的官员都失职了，以至于宦官来讲天下的事，唐明皇也应该有所醒悟了，可是他还是没有醒悟，最后终于出现了大乱，不也是应该的吗？

点评

唐玄宗统治时期，可分为两个阶段：前期（开元年间），玄宗励精图治，勤政爱民，重用贤才，创造出了开元盛世的局面；后期（天宝年间），玄宗则沉湎于享乐，不思进取，更任用李林甫、杨国忠等奸邪之人为宰相，他们把持了朝政大权，结党营私，排斥异己，最终酿成了“安史之乱”的惨剧，成为唐朝由盛到衰的转折点。

此文强调的是用人的问题。《论语·宪问》篇记载了一则故事，孔子说卫灵公无道，季康子问：“既然这样，为什么他还没有失去国君的位置呢？”孔子回答：“有仲叔圉负责接待宾客，有祝鮀负责治理宗庙，有王孙贾负责治理军事。卫灵公怎么会失去国君的位置呢？”仲叔圉、祝鮀、王孙贾都是卫国的贤人，有他们辅佐国君，便能纠正国君的过失，国家自然会太平无事。反观唐玄宗晚年，用人不当，朝中不是小人就是平庸之辈，贤能之人则被排挤在外，最终只能等着祸乱的到来。标题为编者所拟。

评唐太宗

〔宋〕范祖禹

臣祖禹曰：太宗以武拨乱，以仁胜残，其材略优于汉高[①]，而规模不及也。恭俭不若孝文[②]，而功烈过之矣。迹其性本强悍，勇不顾亲，而能畏义而好贤，屈己以从谏，刻厉矫揉，力于为善，此所以致贞观之治也。夫贤君不世出，自周武、成、康历八百余年而后有汉[③]，汉历八百余年而后有太宗，其所成就如此，岂不难得哉！人主之所行，其善恶是非在后世，当其时不可得而辨也，故凡太宗之行事，其善与不善，臣皆举其大略矣。《老子》曰：“善人者不善人之师，不善人者善人之资。”人君择其善者而从之，足以得师；其不善者而戒之，足以为资矣。（《唐鉴》）

注释

① 汉高：指西汉高祖刘邦，他通过楚汉战争，战胜了项羽，建立了新的王朝，定国号为汉，史称西汉。

② 孝文：指西汉孝文帝刘恒，汉朝的第三代皇帝，汉高祖刘邦的第四子，汉惠帝刘盈之弟。在汉文帝与后来的汉景帝时期，国家得到大治，史称“文景之治”。

③ 武：指西周的建立者周武王。成：指周成王，周武王之子。周武王死后，其子周成王继位，年仅十二岁，由周公摄政。周公辅政七年，巩固了周王朝的统治，制定了周朝的典章制度。周成王满二十岁时，周公还政于成王。康：指周康王，周成王之子。成康之际，天下安宁，史家称当时“刑错四十余年不用”，故称“成康之治”。

大意

臣下我范祖禹评论说：太宗用武力拨正了隋朝的混乱，用仁义战胜了残暴，他的才能略优于汉高祖刘邦，而建国的规模与气度却不如汉高祖。在恭俭上他不如汉文帝，但功业则超过了他。考察他的性格本来非常强悍，为人勇敢而不顾亲情，但能畏惧道义而喜好贤人，能委屈自己以听从劝谏，能严格克制，努力为善，这就是成就贞观之治的原因所在。贤明的国君不是每个时代都会出现的，自从周武王、成王、康王之后过了八百余年出现了汉朝，汉朝之后经历了八百余年出现了唐太宗，他所取得的成就如此之大，岂不是很难得吗？君主做的事，其善恶是非都留在后世，在他当时是不能分辨清楚的，所以凡是太宗做的事，其中有善的也有不善的，我在上面各条评论中列举了大致的情况。《老子》说：“善人，是不善人的老师。不善的人，善人把他当作参考。”国君选择其中的善处而学习它，从中足以得到良师，其中的不善之处则引为鉴戒，也足以作为参考了。

点评

贞观之治是中国历史上的一个盛世，唐太宗因而被认为是古代一位杰出的皇帝。范祖禹以历史家的眼光，从整体上全面地对唐太宗做了一个评价。他认为，再贤明的帝王也是优点和缺点并存的：唐太宗能用武力拨乱反正，用仁义战胜残暴，其才能略高于汉高祖，但在开创国家制度的规模和气度上却不如汉高祖；他的功业超过了汉文帝，但在恭俭方面却不如汉文帝。这一评价，客观公正，特别是范祖禹这样评价的目的在于指出：无论是唐太宗的善与不善，都可以让后人作为借鉴，他还引用《老子》的话加以点睛。《论语》中也说过：“择其善者而从之，其不善者而改之。”选文的中心目的就是强调以史为鉴的思想。标题为编者所拟。

治世以大德，不以小惠

〔宋〕司马光

汉大赦，大司农河南孟光于众中责费祎曰[①]："夫赦者，偏枯之物[②]，非明世所宜有也。衰敝穷极，必不得已，然后乃可权而行之耳。今主上仁贤，百僚称职，何有旦夕之急，而数施非常之恩，以惠奸宄之恶乎！"祎但顾谢，踧踖而已[③]。

初，丞相亮时，有言公惜赦者，亮答曰："治世以大德，不以小惠，故匡衡、吴汉不愿为赦[④]。先帝亦言：'吾周旋陈元方、郑康成间[⑤]，每见启告治乱之道悉矣，曾不语赦也。若刘景升、季玉父子[⑥]，岁岁赦宥，何益于治？'"由是蜀人称亮之贤，知祎不及焉。

陈寿评曰：诸葛亮为政，军旅数兴而赦不妄下，不亦卓乎？（《资治通鉴·卷七十五·魏纪七》）

注释

① 大司农：掌管国家仓廪或劝课农桑的官员。费祎：蜀汉名臣。诸葛亮死后，费祎为后军师。不久又代蒋琬为尚书令，再迁大将军。

② 偏枯之物：树木一半茂盛一半枯槁，此处喻举措失衡，使得某一方面受到严重的损害。

③ 踧踖（cù jí）：恭敬不安的样子。

④ 匡衡：西汉经学家，曾力陈大赦之害。吴汉：东汉大臣，临死前对光武帝说，不要轻易赦免罪犯。

⑤ 陈元方：陈纪，东汉末年名士。郑康成：郑玄，东汉末年经学家。

⑥ 刘景升：刘表，汉室宗亲，东汉末年割据军阀之一。季玉：刘璋，东汉末年割据军阀之一。

大意

蜀汉大赦，大司农河南人孟光在大庭广众之下责备费祎道：“大赦天下，好比偏枯之物，不是圣明之世所应该采用的。衰败凋敝到极点，万不得已之时，才可以暂时变通而用一下。现在陛下仁爱贤明，百官都很称职，有什么迫在眉睫的危险困厄，非要多次施予特殊的恩惠给那些为非作歹的人呢？”费祎恭敬不安地表示歉意。

当初，诸葛亮做丞相的时候，有人认为他不肯实行大赦，诸葛亮答道："治理国家要靠大的德政，而不靠小恩小惠，因此匡衡、吴汉不愿实行大赦。先帝也曾说过：'我过去与陈元方、郑康成打交道时，常常听他们讲述治国之道，但是竟没有一次讲到过大赦政策。像刘表和刘璋父子那样，每年都实行大赦，对于治国又有什么好处？'"因此蜀人极力称赞诸葛亮的贤明，也知道费祎是比不上他的。

陈寿评价道：诸葛亮治政，多次兴兵征战而不轻易下发赦免的命令，不是很有远见卓识吗？

点评

何为大德？法度严明，安邦富民。何为小惠？施恩沽名，损害全局。《太平御览》引《管子》云："凡赦者小利而大害，久而不胜其祸；无赦者小害而大利，久而不胜其福。"又说："赦者，先易后难；法者，先难后易。故惠者，民之仇雠也；法者，民之父母也。"诸葛亮隐居隆中时，"每自比管仲"，他关于大赦问题的看法，不难看出是受到管仲的影响。从时局来看，东汉末年，地方豪族常常依仗自己的强大势力，作奸犯科，无所不为。在这种情况下，诸葛亮坚持从严治蜀，拒绝随意大赦，正是审时度势之举。相反，刘表、刘璋之流，常施小惠，“岁岁赦宥”，着意拉拢人心，恰恰表现出他们政治眼光的短浅与治事手法的拙劣。标题为编者所拟。

信者，国之宝也

〔宋〕司马光

臣光曰：夫信者，人君之大宝也。国保于民，民保于信；非信无以使民，非民无以守国。是故古之王者不欺四海，霸者不欺四邻，善为国者不欺其民，善为家者不欺其亲。不善者反之，欺其邻国，欺其百姓，甚者欺其兄弟，欺其父子。上不信下，下不信上，上下离心，以至于败。所利不能药其所伤，所获不能补其所亡，岂不哀哉！昔齐桓公不背曹沫之盟①，晋文公不贪伐原之利②，魏文侯不弃虞人之期③，秦孝公不废徙木之赏④。此四君者道非粹白，而商君尤称刻薄，又处战攻之世，天下趋于诈力，犹且不敢忘信以畜其民，况为四海治平之政者哉！（《资治通鉴·周纪二》）

注释

① 齐桓公不背曹沫之盟：事见《史记·刺客列传》。鲁国将军曹沫与齐国作战，打了三次败仗，鲁庄公不得已而献土地与齐国讲和。后来，齐鲁两国会盟，齐桓公与鲁庄公在坛上盟誓时，曹沫突然手持匕首劫持了齐桓公。无奈之下，齐桓公答应归还侵占的鲁国土地。曹沫听后便扔下匕首，回到自己的位置上，脸色不变，言谈如故。齐桓公脱离了危险，勃然大怒，想毁约。这时，齐国丞相管仲说道："不能这样，贪图小利而逞一时之快，在诸侯面前不讲信义，就会失去天下的援助，不如把土地给他们。"最后齐桓公便将侵夺鲁国的土地还给了鲁国。

② 晋文公不贪伐原之利：事见《左传·僖公二十三年》。晋公子重耳因蒙难而流亡到了楚国，楚国国君热情地招待了他，并说："如果你以后做了晋国国君，将如何报答我？"重耳回答："珍珠美玉，您都不缺，我没有更稀罕的东西送给您，以后我如果做了晋国国君，假若我们两国在战场上相遇，我便以退避三舍（一舍三十里）作为回报！"后来，重耳做了国君，即晋文公。五年后，晋楚两国果然在战场上相遇，晋文公确实实践了自己的诺言，退避近百里以报楚国招待之恩。

③ 魏文侯不弃虞人之期：事见《资治通鉴》周威烈王二十三年（前 403）。魏文侯与群臣饮酒，此时天降大雨，魏文侯想起他与虞人（山林管理者）相约当日要打猎，于是下令驾车前往。大臣十分惊诧，问道："大家喝得正起劲，天又下着大雨，您要去哪里？"魏文侯说："我与虞人约好了今天打猎，怎能因为现在的快乐而不遵守约定呢？"于是，他亲自去虞人那里取消了打猎活动。

④ 秦孝公不废徙木之赏：事见《资治通鉴》周显王十年（前359）。秦孝公采用商鞅的建议实施变法，法令已经制定，但还未公布。商鞅担心百姓不信，便在国都南门立起一根木杆，说谁能把它搬到北门去，便赏十金。百姓觉得奇怪，也没有人愿意去搬。商鞅又下令说："能搬过去的赏五十金。"有一个人将此木搬到了北门，商鞅立即兑现诺言。此后，商鞅颁布了变法的法令。

大意

臣司马光说：诚信，是君主至高无上的法宝。国家靠人民来保卫，人民靠诚信来保护；不讲信誉无法使人民服从，没有人民便无法守护国家。所以古代称王之人不欺骗天下，建立霸业的人不欺骗四方邻国，善于治国者不欺骗人民，善于治家者不欺骗亲人。不善于治国治家的人则反其道而行之，欺骗邻国，欺骗百姓，甚至欺骗兄弟、父子。领导不信任下属，下属不信任领导，上下离心，以致一败涂地。靠欺骗所占的一点儿便宜救不了致命伤，所得到的远远少于失去的，这岂不令人痛心！当年齐桓公不违背曹沫以胁迫手段订立的盟约，晋文公不贪图攻打中原之地而遵守信用，魏文侯不背弃与虞人打猎的约定，秦孝公不收回商鞅对搬动木杆之人的奖赏。这四位君主的治国之道尚称不上完美，而商鞅可以说是过于刻薄了，但他们处于你攻我夺的战国乱世，天下尔虞我诈、斗智斗勇之时，尚且不敢忘记用诚信来获得民心，何况作为太平盛世之时的执政者呢！

点评

前359年，秦孝公为了富国强兵，任用商鞅进行变法。商鞅徙木为信，获得了百姓的信任，新法得以顺利颁布和实施，秦国由此走向强大。针对这一事件，司马光做了这段议论。《左传·僖公二十五年》记载："信，国之宝也，民之所庇也。"司马光的思想与此一脉相承，意在强调诚信的重要性。北宋改革家王安石在《商鞅》一诗中也写道："自古驱民在信诚，一言为重百金轻。"这是借季布"一诺千金"的典故对商鞅变法取信于民进行褒扬。诚信，不仅是道德准则，更是治国理政的法宝，中国历史上有太多因诚信而立天下、因失信而失天下的例子。当今，营造一个相互信任的社会风气，建立国家诚信体系，是实现中华民族伟大复兴中国梦的前提和关键。

《资治通鉴》是由北宋政治家、史学家司马光主编的一部编年体通史著作，该书以时间为纲，以事件为目，记述了从周威烈王二十三年（前403）到五代后周世宗显德六年（959）的历史，目的是以史为鉴，有资于治道。“臣光曰”是司马光针对所述事件阐发的评论，虽有主观色彩，却具普遍和现实意义，于今不无借鉴。标题为编者所拟。

规执政

〔明〕刘基

郁离子谓执政曰："今之用人也，徒以具数与[①]，抑亦以为良而倚以图治与？"

执政者曰："亦取其良而用之耳！"

郁离子曰："若是，则相国之政与相国之言不相似矣[②]。"

执政者曰："何谓也？"

郁离子曰："仆闻农夫之为田也，不以羊负轭[③]；贾子之治车也，不以豕骖服[④]。知其不可以集事，恐为其所败也。是故三代之取士也[⑤]，必学而后入官，必试之事而能然后用之，不问其系族，惟其贤，不鄙其侧陋[⑥]。今风纪之司[⑦]，耳目所寄，非常之选也，仪服云乎哉？言语云乎哉？乃不公天下之贤，而悉取诸世胄昵近之都那竖为之[⑧]，是爱国家不如农夫之田、贾子之车也。"

执政者许其言而心怍之。（《郁离子》卷一）

注释

① 具数：此处指凑数、充数。

② 相国：指执政者。

③ 轭：指驾车时套在牲口脖子上的曲木。

④ 豕：猪。骖服：古代一车四马，居外的两匹叫“骖”，中间的两匹叫“服”。

⑤ 三代：指夏、商、周。

⑥ 侧陋：指有才德却居于卑微地位的人。

⑦ 风纪之司：执掌法度和纲纪的人。

⑧ 都那竖：这里指那些游手好闲、衣着华美的未成年的纨绔子弟。都：闲也。那：美也。竖：未冠者也。

大意

郁离子对执政者说：“如今人才的使用，只是凑数呢，还是认为他十分贤良，要倚靠他来治国呢？”

执政者说：“是选取那些贤良者而录用的！”

郁离子说：“若是这样，那么相国您的执政方式和您说的话就不大一样了。”

执政者说：“为什么这样说呢？”

郁离子说："我听说，农民耕田，不用羊拉犁；做买卖的商人赶车，不用猪驾车。因为知道它们不可能成事，怕被它们坏了事啊！所以夏、商、周三代取士的办法，首先必须学习，而后才能做官。必须用处理政事来考核他，若真有才能，方可录用。不管他的世系家庭如何，只看他是否贤良，不轻视那些有才德而地位卑微的人。如今担任法度和纲纪职务的人，肩负着像耳朵和眼睛那样重要的使命，要严格选拔。能只看仪表服饰吗？能只听言谈话语吗？您不能公平地对待天下的贤士，却全部录用那些世家贵族的后代，以及与自己关系亲近的纨绔子弟为官。您这样爱国的做法，还不如农民爱耕田、商人爱车呢！"

执政者虽然口头上同意他的话，内心却不以为然。

点评

《郁离子》是明太祖朱元璋的谋士刘基（字伯温）创作的一部笔记体著作。郁是有文采的样子；离是八卦之一，代表火；郁离，就是文明的意思。作者认为"天下后世若用斯言，必可抵文明之治"。这部书的内容以道为本，得庄子精髓，同时与儒家入仕的思想相结合，不仅集中反映了作为政治家的刘基治国安民的主张，也体现了他的人才观、哲学思想、经济思想、道德意识以及渊博的学识。

这篇文章是针对用人的弊端而发的。任人唯亲还是任人唯贤，是一个王朝盛衰的标志，也是王朝兴亡的关键。作者以对话的形式，指出了统治者在选任官员时，只注重门第、关系，而不讲德才的问题。文中最后一句“执政者许其言而心忤之”，更反映出统治者对于正确意见采取的口是心非的态度。

联系时代背景，这应该是作者对元朝末年国家弊政的揭露。后来，刘基以辅佐朱元璋开创帝业而闻名天下，被后人比作诸葛武侯。朱元璋多次称刘基为：“吾之子房（张良的字）也。”这篇文章也对明朝统治者在用人方面提供了借鉴。

需要特别指出的是，作者提出的“必学而后入官，必试之事而能然后用之，不问其系族，惟其贤，不鄙其侧陋”的用人原则，不仅在当时是正确且有远见的政治主张，直到今天仍值得我们重视和借鉴。

司马季主论卜

〔明〕刘基

东陵侯既废[①]，过司马季主而卜焉[②]。

季主曰：“君侯何卜也？”东陵侯曰：“久卧者思起，久蛰者思启，久懑者思嚏。吾闻之蓄极则泄，闷极则达[③]，热极则风，壅极则通。一冬一春，靡屈不伸；一起一伏，无往不复。仆窃有疑，愿受教焉。”季主曰：“若是，则君侯已喻之矣，又何卜为？”东陵侯曰：“仆未究其奥也，愿先生卒教之。”

季主乃言曰：“呜呼！天道何亲？惟德之亲；鬼神何灵？因人而灵。夫蓍[④]，枯草也；龟[⑤]，枯骨也，物也。人，灵于物者也，何不自听而听于物乎？且君侯何不思昔者也？有昔者，必有今日。是故碎瓦颓垣，昔日之歌楼舞馆也；荒榛断梗，昔日之琼蕤玉树也[⑥]；露蛬风蝉[⑦]，昔日之凤笙龙笛也；鬼磷萤火，昔日之金釭华烛也[⑧]；秋荼春荠，昔日之象白驼峰也[⑨]；丹枫白荻，昔日之蜀锦齐纨也[10]。昔日之所无，今日有之，不为过；昔日之所有，今日无之，不为不足。是故一昼一夜，华开者谢；一秋一春，物故者新。激湍之下，必有深潭；高丘之下，必有浚谷。君侯亦知之矣，何以卜为？”（《郁离子·天道》）

注释

① 东陵侯：名召平，秦时封东陵侯，秦亡后种瓜于长安城东，因瓜美，人称“东陵瓜”。

② 司马季主：汉初人，通经术，善占卜。

③ 闷：关闭。

④ 蓍（shī）：蓍草，用于占卜。

⑤ 龟：用于占卜之龟甲。

⑥ 琼蕤（ruí）：美好的花草。

⑦ 蛬（qióng）：同“蛩”，蟋蟀。

⑧ 釭（gāng）：油灯。

⑨ 象白驼峰：大象的脂肪，骆驼的驼峰，均为珍贵食材。

⑩ 蜀锦齐纨：蜀地出产的织锦，齐地出产的白绢。

大意

东陵侯被废去爵位之后，拜访司马季主，请他占卜。

季主说：“君侯您要占卜什么事情呢？”东陵侯说：“卧床时间长了就想起来，闭门蛰居久了就想外出，胸中郁积久了就想打喷嚏。我听说蓄积到极点就会泄漏，关闭到极点就会通达，酷热到极点就会起风，堵塞到极点就会畅通。一冬过后便是一春，没有只弯曲而不伸展的；一起之后必有一伏，没有只前往而不返回的。我私下有些疑问，希望您多多指教。”季主说：“如果是这样的话，那您都已经明白了，何必要占卜呢？”东陵侯说：“我还是未能理解其中的奥妙，希望先生能深入指点。”

季主这才说道：“唉！天道和什么亲近？只亲近道德；鬼神凭什么灵验？凭借人才灵验。用于占卜的蓍草不过是枯草，龟甲不过是枯骨，都只是物。人比物要灵敏聪明多了，为什么不听从自己却听从于物呢？而且您为什么不回想往昔呢？有往昔就必然有今天。因此，如今的碎瓦坏墙，是往日热闹的歌楼舞馆；荒草断茎，是往日茂盛的琼花玉树；凄风凉露中蟋蟀和蝉的哀鸣，是往日凤笙龙笛奏出的美妙乐音；鬼火萤光，是往日耀眼的金灯华烛；秋天的苦菜和春天的荠菜，是往日甘美的象脂驼峰；火红的枫叶和洁白的荻花，是往日蜀产的织锦、齐地的白绢。过去没有的现在有了，不算过分；过去有的现在没有了，也不能算不足。因此，昼夜循环，花开花谢；春秋交替，新旧更迭。激水湍流之下，必有深潭；高山峻岭之下，必有深谷。君侯都已经知道了，何必还要占卜呢？”

点评

刘基（刘伯温）是一个充满传奇色彩的人物，在许多民间传说中，被赋予神机妙算、呼风唤雨的才能，他的著作如《郁离子》等也常常笼罩着一层神秘色彩。其实，在《郁离子》中，刘基主要是通过生动的寓言讲解治国安邦、为人处世的道理，深入浅出，发人深思。本文可以帮助我们全面了解刘基的思想，拂去那些神秘的面纱。

东陵侯经历朝代更替，爵位被废，胸中愤懑疑惑，想通过司马季主的占卜为自己“指点迷津”。司马季主却直截了当，当头棒喝：“天道何亲？惟德之亲；鬼神何灵？因人而灵。夫蓍，枯草也；龟，枯骨也，物也。人，灵于物者也，何不自听而听于物乎？”天道唯德之亲，鬼神因人而灵，蓍草龟甲不过是枯朽之物，怎么会比人更加聪明灵验？听从枯朽之物，而放弃人的主观能动性，不是南辕北辙了吗？更何况，盛衰荣枯、高低起伏、昼夜交替、新陈代谢是事物发展变化的客观规律，又如何可以违背呢？人们必须认识到此种规律，并遵守这种规律，在此基础上修德进取，发挥智慧和才能，方可有所成就。文中一系列的今昔对比，精心取象，排比巧妙，气势横溢，动人心魄，发人感慨，开《桃花扇》之《哀江南》套曲、《红楼梦》之《好了歌》的先河。

吴　士

〔明〕方孝孺

吴士好夸言，自高其能，谓举世莫及。尤善谈兵，谈必推孙、吴[①]。遇元季乱，张士诚称王姑苏[②]，与国朝争雄[③]，兵未决。士谒士诚曰："吾观今天下，形势莫便于姑苏，粟帛莫富于姑苏，甲兵莫利于姑苏，然而不霸者将劣也。今大王之将皆任贱丈夫，战而不知兵，此鼠斗耳。王果能将吾，中原可得，于胜小敌何有。"士诚以为然，俾为将，听自募兵，戒司粟吏勿与较赢缩[④]。

士尝游钱塘，与无赖懦人交，遂募兵于钱塘。无赖士皆起从之，得官者数十人，月靡粟万计。日相与讲击刺坐作之法，暇则斩牲具酒燕饮。其所募士实未尝能将兵也。

李曹公破钱塘[⑤]，士及麾下遁去，不敢少格。搜得，缚至辕门诛之，垂死犹曰："吾善孙、吴法。"(《逊志斋集》)

注释

① 孙、吴：分别指我国古代著名军事家孙武、吴起。

② 张士诚：元末江苏人，初以贩盐为业，后起兵反元，据江浙之地，称吴王。与朱元璋等争夺天下，后为朱元璋所败。

③ 国朝：本朝，指明朝。

④ 赢缩：多少。

⑤ 李曹公：李文忠，明朝将领，以战功封曹国公。

大意

吴地有个读书人，喜欢夸夸其谈，抬高自己的才能，号称世上无人可及。他尤其善于对兵法高谈阔论，言必称孙武、吴起。时值元朝末年，天下大乱，张士诚在苏州自称吴王，和本朝争夺天下，战事胜负未决。那个读书人拜见张士诚，说："据我观察，当今天下，地理形势没有比姑苏更便利的了，衣食物产没有比姑苏之地更富庶的了，武器士兵也没有比姑苏更精锐的了，然而未能称霸天下，主要是由于将领能力低劣。现在大王的将领都是些出身低贱、见识浅陋的人，指挥作战不熟知兵法，这简直是鼠类相斗。大王您如果能拜我为将，中原都是囊中之物，战胜区区小敌更不在话下。”张士诚以为他说得有理，便拜他为将，任凭他自行招募兵士，并告诫管理军需钱粮的官员不要与他计较花费的多少。

那个读书人曾经游历过浙江杭州一带，与当地一些无才怯懦的人有交往。于是，他便在杭州一带招募兵士。无才浪荡之人纷纷投靠，数十人都获得了官职，每月耗费粟米万石。他们每天相互讨论攻击刺杀、行军进退之类的方法，有空便斩杀牲畜准备酒宴，宴请那些招募来的人士。事实上，他们从没有统率军队的能耐。

曹国公李文忠攻占杭州以后，那个读书人和他的部下逃跑而去，不敢稍作抵抗；后来，被搜索捕获，绑缚至辕门诛杀。临死前他还在说：“我熟知孙、吴兵法。”

点评

方孝孺在明初燕王朱棣发动的“靖难之役”中，因拒绝起草诏书，被朱棣杀害，其家族亲友因株连而死者数百人，气节凛然，为后人钦佩。他的诗文无空疏之弊，叙事生动，言理明晰，意蕴深远，不乏纵横奔放之气，在当时颇有影响，曾受到大儒宋濂的称许。

特殊的时代背景和个人仕宦经历，使方孝孺对兴衰治乱多有关注，对治国理政多有思考。元末明初，群雄割据，朱元璋之所以能够战胜张士诚等人，最终夺得天下，与他延揽人才、善用人才有密切关系。在本篇中，方孝孺追述了张士诚用人的失误，有明确的警世目的。吴士纸上谈兵，自矜自得，其实尚空言而无真才实学，居然赢得了张士诚的信任，最终误人误己，而且至死不悟。所谓“好夸者死于夸”，夸耀自己，做表面功夫的人要么如赵括、吴士一般，对纸上“兵法”轻信盲从，以之取代实践的检验；要么就是为了掩饰内心的虚弱和能力的孱弱，一旦真正的考验到来，便手足无措，束手就擒。人贵有自知之明，要辨长短，知进退，不能自我膨胀，忘乎所以；用人者贵有识鉴之明，要辨良莠，知贤愚，不能惑于表象，轻率用人。

指　喻（节选）

〔明〕方孝孺

浦阳郑君仲辨[①]，其容阗然[②]，其色渥然，其气充然，未尝有疾色也。他日，左手之拇有疹焉，隆起而粟。君疑之，以示人。人大笑，以为不足患。既三日，聚而如钱，忧之滋甚，又以示人。笑者如初。又三日，拇之大盈握，近拇之指，皆为之痛，若剟刺状[③]，肢体心膂无不病者[④]。惧而谋诸医。医视之，惊曰："此疾之奇者，虽病在指，其实一身病也，不速治，且能伤生。然始发之时，终日可愈；三日，越旬可愈；今疾且成，已非三月不能瘳[⑤]。终日而愈，艾可治也；越旬而愈，药可治也；至于既成，甚将延乎肝膈，否亦将为一臂之忧。非有以御其内，其势不止；非有以治其外，疾未易为也。"君从其言，日服汤剂，而傅以善药，果至二月而后瘳，三月而神色始复。

余因是思之：天下之事，常发于至微，而终为大患；始以为不足治，而终至于不可为。当其易也，惜旦夕之力，忽之而不顾；及其既成也，积岁月，疲思虑，而仅克之，如此指者多矣！盖众人之所可知者，众人之所能治也，其势虽危，而未足深畏。惟萌于不必忧之地，而寓于不可见之初，众人笑而忽之者，此则君子之所深畏也。（《逊志斋集》）

注释

① 浦阳：今浙江浦江县，浦阳江发源于此。唐代时曾称浦阳县。

② 阗（tián）然：饱满的样子。

③ 剟（duō）刺：刺戳。

④ 膂（lǚ）：脊梁骨。

⑤ 瘳（chōu）：病愈。

大意

浦阳县有个人叫郑仲辨，他的身体强壮，面色红润，气色很好，从来没有生过病。有一天，他左手的大拇指生了一个疹子，有粟米那样大。郑君心生疑惧，就给别人看。看的人都哈哈大笑，认为不值得担忧。过了三天，疹粒肿得像铜钱那般大了，郑君更加担忧，又拿给别人看，看的人像以前一样笑他，认为没有大碍。又过了三天，拇指肿得像拳头那般大，靠近拇指的指头，都被它牵连得疼痛起来，好像割刺一般，四肢、心脏和脊梁骨没有不疼痛的。郑君很害怕，就去看医生。医生看了，吃惊地说：“这是奇特难治的病，虽然病灶在指头上，其实已经是全身的疾病了，如果不赶快治疗，可能会危及生命。这病刚开始发作的时候，一天就可治好；发病三天以后，要超过十天才能治好；现在病已经形成了，不到三个月是不可能治愈的。一天就能治好的时候，用艾草就可以了；十天能治好的时候，用药草才可以；现在成了重病，甚至会蔓延到内脏，轻者也可能影响一只手臂。必须从身体内部治疗，否则病势将不会停止；还要设法从外部来治疗，否则病就不容易治好。”郑君听从了医生的话，每天内服汤药，又外敷有效的良药，果然两个月后病就好了，三个月后精神气色才得到恢复。

我因此想到：天下的事故，通常发生在极为细微、隐而不显的地方，最后却成为莫大的祸患；最初认为没有必要治理，可最后却到没有办法处理的地步。当事情容易处理时，人们往往不愿花费精力，轻视它而不加顾虑；等到祸患形成了，即使花费很长的时间，用尽了脑筋，精疲力竭，才仅仅达到把祸患克服的程度。天下像这拇指一样的事，可太多了！可以说，大多数人能知道的事，大多数人自然能处理，在情势上看虽然危急，却不必过于惧怕。只有那些一般人不会去担忧的事情，起初是隐藏着而不被人看到，很多人还以玩笑的态度去处理它、轻忽它，这是君子应当深深戒惧的啊。

点评

这篇小品文题目为“指喻”，核心在一个“喻”字上。文中提及郑君“左手之拇”所患之疹，开始不过“隆起而粟”，三日之后便“聚而如钱”，又三日之后便大而“盈握”。从“而粟”，到“如钱”，再到“盈握”，表面上看是在说疾病的不断恶化，实际是以此为喻，意在阐明“天下之事，常发于至微，而终为大患；始以为不足治，而终至于不可为”这一观点。的确，天下不好的事往往发生于极细小的时候，稍不注意就会酿成大祸。当问题很容易处理时，如果我们不屑一顾，舍不得花时间和精力，等到问题真的形成了，即便花费再多时间，耗费再多精力，也仅仅是克服而已，有的甚至会走向崩溃。因此，我们对天下之事要有防微杜渐的意识，防止“蚁穴”之灾的发生。

此外，文中第一段“他人误病”这一情节，也是作者的精心设计。作者用“他人”来比喻“庸人”，从而用“他人的误病”来批判和鞭挞“庸人的误国”，以此说明贻误时机，优柔寡断，不摆脱庸人的干扰，不发挥智者的作用，终会酿成伤身亡国的大祸。

开言路以成天下

《元史·刘秉忠传》

君子不以言废人，不以人废言，大开言路，所以成天下、安兆民也。天地之大，日月之明，而或有所蔽。且蔽天之明者，云雾也；蔽人之明者，私欲佞说也[①]。常人有之，蔽一心也；人君有之，蔽天下也。常选左右谏臣，使讽谕于未形[②]，忖画于至密也[③]。

注释

① 佞（nìng）说：巧言谄媚的话。

② 讽谕：又作“讽喻”，指用委婉的言语进行劝说。

③ 忖（cǔn）画：筹划。

大意

君子不因为某人说话尖锐而罢黜他，也不因为某人有缺点和错误而废弃他的言论，广开言路是统一天下、安抚百姓的好办法。天地无比博大，日月如此明亮，有时还会被遮蔽。遮蔽明亮天空的是云雾，而使人变得不明智的则是个人的私欲以及他人的花言巧语。如果普通的人变得不明是非，玷污的不过是一颗心而已；但如果君主不辨忠奸、失去理智，那么影响的可是天下大事。所以，应该经常选一些敢于劝谏的大臣放在自己身边，随时劝诫和提醒君主，以便把危机的苗头及时地扼杀，同时还能够对重要的事情进行最周密的筹划。

点评

刘秉忠是元朝的开国元勋，他不仅同忽必烈一道征战南北，还参与了国家典章制度的拟定和众多军国大事的商讨，堪称股肱之臣。早在元朝建立前，为了壮大蒙古国的实力，巩固忽必烈政权，刘秉忠便上书陈述了劝农桑、兴学校、开言路、明法纪、统一税收、设立官制等一系列统治的经验和措施。本文即是“开言路”一项的具体表述。标题为编者所拟。

禁馈送告示

〔明〕海瑞

接受所部馈送土宜礼物，受者笞四十[①]，与者减一等，律有明禁。粮里长各色人等每送薪送菜，禁不能止。穷诘所以，盖沿袭旧日风，今日视为常事。且尔等名奉承官府，意为实有所需求。谓之意有希求者，盖意官府不易反面。而今少献殷勤，他日禀公事，取私债，多科钱粮，占人便宜，得以肆行无忌也。若有美意，则周尔邻里乡党之急可也。官有俸禄，何故继富？与之官，取之民，出其一而收其十，陷阱不浅。

今后凡有送薪送菜入县门者，以财嘱论罪。虽系乡宦礼物，把门皂隶先禀明后许放入。其以他物装载，把门人误不搜检者，重责枷号[②]。

注释

① 笞：古代刑罚的一种，用竹板或荆条抽打人的脊背或臀、腿。

② 枷号：明朝创设的一种耻辱刑。强制罪犯戴上枷后在监狱外或官府衙门前示众，以示羞辱。枷：一种方形木质项圈，套住脖子，有时还套住双手，其重量从二三十斤到一百五十斤不等，戴上最重枷的囚犯往往几天内就会毙命。此刑后来从耻辱刑演变成了致命的酷刑。

大意

接受下属赠送的土特产品之类的礼物，接受的人要受笞四十下，参与的人罪减一等，这在法律上都有明文规定。但目前粮长、里长等人经常给上司送柴送菜，屡禁不止。探究其原因，应该是沿袭往日的风气，如今已把馈送看作平常之事。而且，送礼的这些人名义上是奉承官府，实际却是另有所图。所谓“另有所图”，大概就是希望（接受馈赠的）官府长官将来不会轻易对自己翻脸。如今稍献殷勤，他日无论是承办公事，还是巧收私账，都可以多征收些钱粮，占别人的便宜，从而能够肆意行事、无所顾忌。假如这些人真有馈送的美意，那将这些礼物周济你乡邻中的急需者就行了。当官的都有俸禄，为什么还要不断地送给他们礼物以增加他们的财富呢？馈送给官吏的礼物，是来自百姓的，而且每送出一份礼却向百姓收十份礼，这其中的陷阱不浅啊。

今后，凡是有送柴送菜进入县衙门的，一律以贿赂论罪。即使是乡绅之间正常的礼尚往来，守门差役也必须先禀报，查明实情才准许进入。那些将馈送的礼物装在其他东西中，守门的人失责不搜验的，戴上枷号从重责罚。

点评

明代嘉靖中期，统治阶级内部矛盾日益尖锐，大小官员及一些稍有权力的吏员之间馈送成风，并已经视为常事。身为浙江淳安知县的海瑞，决心扭转这种风气，从而发布了这篇告示。

在一般官员眼中，小小的地方土产并不是黄金美玉、稀世珍玩，受之无伤大雅，何必为此驳了对方的颜面呢？海瑞却没有失去对这一问题的敏感度。千里之堤毁于蚁穴，礼物上的收受，实际是一种人情的往来。而只要有了这份交往，作为上司便很难秉公持正地对待下属。因此，海瑞严令说即使送柴送菜，也要视为贿赂行径。这并不是他矫情，而是他实在了解只要接受了礼物，便推开了一扇门，那扇门后没有恪尽职守、廉洁奉公，只充斥着欲望的深渊。

周世宗纳谏

〔明〕李贽

周主常愤广明以来中国日蹙[①]，及高平既捷[②]，慨然有削平天下之志，因命近臣著《为君难为臣不易论》及《开边策》一篇。比部郎中王朴献策[③]，谓：“中国之失吴、蜀、幽、并[④]，皆由失道。今必先观所以失之之原，然后知所以取之之术。其始失之也，莫不以君暗臣邪，兵骄民困。今欲取之，莫若进贤退不肖以收其才，恩德诚信以结其心，赏功罚罪以尽其力，去奢节用以丰其财，时使薄敛以阜其民。数者既修，然后举而用之，功无不成也……”周主欣然纳之。时群臣多守常偷安，所对少有可取。【丑。】[⑤]唯朴神峻气劲，有谋能断，凡所规画，皆称周主意。周主由是重其器识。【王朴的是有用之才。】(《史纲评要》卷二十六《后周纪》)

注释

① 周主：指后周世宗柴荣（921—959）。广明：唐僖宗李儇年号，时间从880年至881年。

② 高平：辖境相当于今山西晋城、高平等地。

③ 比部郎中：比部，魏晋时设，为尚书列曹之一，职掌稽核簿籍。后世沿之。王朴（906—959）：字文伯，东平（今山东东平）人，自幼聪慧警敏、勤奋好学。他辅佐后周世宗，为后周政权的巩固和发展做出了贡献。

④ 吴：指先后为杨行密所建的吴国（902—937）和李昪（biàn）建立的南唐（937—975）控制的淮南和江西、安徽部分地区。蜀：指后蜀控制的以四川为中心的地区。幽：幽州，指今河北北部及辽宁一带的广大地区。并：并州，治所在今山西太原，五代时为北汉割据。

⑤ 鱼尾括号内为李贽评。下同。

大意

周世宗柴荣常常愤恨自广明年间黄巢攻陷长安以来，中国日益分裂的状况。到高平之战取得大捷之后，柴荣慨然有削平天下、统一中国的志向，于是命身边的大臣撰写《为君难为臣不易论》及《开边策》各一篇。比部郎中王朴撰文献策说：“中国分裂，之所以失去东吴、巴蜀、幽州、并州，都是因为丧失了统御之道。现在，必须首先认清之所以丧失统御之道的原因，然后才知道取得统御之道的办法。统御之道丧失的开端，无不是由君王昏庸、臣属奸邪、军队骄悍、民众困顿所致。而今要想扭转，最好的办法莫过于选贤任能，斥退不肖，以招揽人才；厚施恩德，诚信待人，以换取人心；有功则赏，有罪则罚，使其尽心尽力；戒除奢侈，厉行节约，以积累丰厚的财力；不误农时，轻徭薄赋，以使民众富足。这几项都实现了，然后一并加以利用，统一大业无不成功！……”周世宗欣然采纳了王朴的建议。当时群臣中大多数人拘泥于常规，苟且偷安，所提的建议，很少有可取之处。【丑陋！】只有王朴精神振作，富有勇气，深谋善断。凡是他所作的规划，都很符合周世宗的心意。周世宗由此对他的才干胆识非常器重。【王朴的确是有用之才！】

点评

后周世宗柴荣是五代十国时期罕见的有作为的皇帝。他雄心勃勃，决心遵照养父——后周太祖郭威的遗愿，干出一番大事业，并说过“当以十年开拓天下，十年养百姓，十年致太平足矣”这样的豪言壮语。为实现自己的宏伟目标，柴荣重用像王朴这样的能臣，并悉心听取他们的意见，励精图治，锐意改革，严明法纪，发展生产，鼓励垦荒，兴修水利，从而赢得了百姓的信任，增强了国力；同时，他还重整军队，强化训练，使其适应战争的需要。在采纳王朴“先易后难”的统一方针后，他南征北战，揭开了结束分裂、统一天下的序幕。然而，天妒英才，在征战途中，柴荣突患重病，未能完成统一大业而撒手人寰，年仅三十九岁。但这并不妨碍后世对他的评价，史称“周世宗英毅雄杰，以衰乱之世，区区五六年间，威武之声，震慑夷夏，可谓一时贤主”（洪迈《容斋续笔》），确是中肯之论。标题为编者所拟。

五人墓碑记

〔明〕张溥

五人者，盖当蓼洲周公之被逮[①]，急于义而死焉者也[②]。至于今，郡之贤士大夫请于当道，即除逆阉废祠之址以葬之[③]，且立石于其墓之门，以旌其所为。呜呼，亦盛矣哉！

夫五人之死，去今之墓而葬焉，其为时止十有一月尔。夫十有一月之中，凡富贵之子，慷慨得志之徒，其疾病而死，死而湮没不足道者，亦已众矣，况草野之无闻者与？独五人之皦皦，何也？

予犹记周公之被逮，在丁卯三月之望[④]。吾社之行为士先者，为之声义，敛赀财以送其行，哭声震动天地。缇骑按剑而前[⑤]，问："谁为哀者？"众不能堪，抶而仆之。是时以大中丞抚吴者为魏之私人[⑥]，周公之逮所由使也。吴之民方痛心焉，于是乘其厉声以呵，则噪而相逐，中丞匿于溷藩以免[⑦]。既而以吴民之乱请于朝，按诛五人，曰颜佩韦、杨念如、马杰、沈杨[8]、周文元，即今之傫然在墓者也。

然五人之当刑也，意气阳阳，呼中丞之名而詈之，谈笑以死。断头置城上，颜色不少变[9]。有贤士大夫发五十金，买五人之脰而函之[10]，卒与尸合。故今之墓中，全乎为五人也。嗟乎！大阉之乱，缙绅而能不易其志者，四海之大，有几人欤？而五人生于编伍之间，素不闻诗书之训，激昂大义，蹈死不顾，亦曷故哉？且矫诏纷出，钩党之捕遍于天下，卒以吾郡之发愤一击，不敢复有株治。大阉亦逡巡畏义，非常之谋，难于猝发，待圣人之出而投缳道路[11]，不可谓非五人之力也。

由是观之，则今之高爵显位，一旦抵罪，或脱身以逃，不能容于远近，而又有剪发杜门，佯狂不知所之者，其辱人贱行，视五人之死，轻重固何如哉？是以蓼洲周公忠义暴于朝廷，赠谥美显，荣于身后；而五人亦得以加其土封，列其姓名于大堤之上，凡四方之士，无不有过而拜且泣者，斯固百世之遇也。不然，令五人者保其首领，以老于户牖之下，则尽其天年，人皆得以隶使之，安能屈豪杰之流，扼腕墓道，发其志士之悲哉？故余与同社诸君子，哀斯墓之徒有其石也，而为之记，亦以明死生之大，匹夫之有重于社稷也。

贤士大夫者，冏卿因之吴公、太史文起文公、孟长姚公也[12]。(《七录斋诗文合集·古文存稿》卷三)

注释

① 蓼（liǎo）洲周公：周顺昌，字景文，号蓼洲，吴县（今江苏苏州）人。天启六年（1626）三月，周顺昌被魏忠贤党抓捕，同年六月惨死于京师狱中。

② 急：一作“激”，二字可通。

③ 逆阉：指魏忠贤。阉：对太监的蔑称。废祠：魏忠贤当权时势力颇大，各地官员争相为其建造生祠；魏忠贤失势后，生祠皆废。

④ 丁卯：天启七年（1627）。史载周顺昌被捕，吴民声义，是在天启六年（丙寅）三月，颜佩韦等五人被杀则是在该年七月。因此“丁卯”当为“丙寅”之误。

⑤ 缇骑（tí jì）：本指汉代执金吾属下的卫士，后泛指抓犯人的官役。此处指明代锦衣卫校尉。

⑥ 以大中丞抚吴者：指应天府（今江苏南京）巡抚毛一鹭，时以大中丞巡抚吴地。

⑦ 溷（hùn）：厕所。藩：篱笆。

⑧ 沈杨：一本作“沈扬”。

⑨ 颜色不少变：是说五人的头颅被置于城楼上，面容没有一点变化。颜色：

面容。

⑩ 脰（dòu）：颈项，这里指头部。函：用匣子装。

⑪ 圣人之出而投缳道路：指崇祯皇帝即位后，严厉镇压阉党，魏忠贤在被贬途中自缢而死。投缳：自缢。

⑫ 冏（jiǒng）卿因之吴公：吴默，字因之，曾任太仆寺卿。《尚书》载，周穆王命伯冏为太仆正，后称太仆寺卿为冏卿。太史文起文公：文震孟，字文起，曾任翰林院修撰。孟长姚公：姚希孟，字孟长，文震孟的外甥。上述三人皆苏州人。

大意

墓中的这五个人是在周公蓼洲被捕时，激于义愤而被杀的。到了今天，吴郡的知名人士向当地长官请求，然后清理魏忠贤生祠的旧址，安葬了他们，并且在其墓前竖立石碑，以表彰他们的事迹。唉！这也算是一件盛事了！

这五个人的被害，距离今天入土安葬，前后只有十一个月。在这十一个月的时间中，那些富贵人家的子弟和志得意满的人，因疾病而死又默默无闻的，也很多了。何况那些生活在乡野之中的没有名气的人呢？唯独这五个人死后光荣显耀，这是什么原因呢？

我还记得周公被捕，是在丁卯（丙寅）年三月十五日。

那时我们复社中一些行为堪称楷模的人，为他伸张正义，募集钱财，给他送行，哭声震天动地。差役按着剑走上前来，喝问道：“哪个在为他哭？”大家忍无可忍，将他们打倒在地。当时以大中丞的官衔担任吴郡巡抚的毛一鹭，是魏忠贤的党羽，周公被捕就是他主使的。吴郡的百姓为此事正痛恨他，于是趁他厉声呵斥之机，一齐大声叫喊，群起而攻之，毛一鹭吓得躲进厕所里，才得以幸免。不久，他就以吴郡百姓叛乱的罪名请示朝廷，经追查，处死了五个人，他们是：颜佩韦、杨念如、马杰、沈杨、周文元，也就是现在一起被安葬在墓中的五个人。

然而，这五个人在临刑时，意气风发，高呼大中丞的名字痛骂，从容谈笑着死去。他们的头颅被挂在城墙上示众，脸色没有一点改变。有贤德之士用五十两银子买下这五个人的头颅，装在匣子里，最终跟尸身合在了一起。所以现在的坟墓中，是五个人完整的遗体。唉！在大宦官魏忠贤当权乱政的时候，官员能不改变自己意志的，以天下之大，能有几人呢？而这五个人出身平民，平时没有接受过儒家的教育，却能为大义所激发，置生死于度外，这又是什么缘故呢？而且当时假传的诏书纷纷传出，那些受株连而被捕的党人遍及全国，终于因为我们吴郡百姓的奋起反击，他们才不敢继续株连治罪。魏忠贤也因害怕百姓的义愤而迟疑不决，不敢贸然实施自己的阴谋。等到圣明天子即位，魏忠贤就在放逐的路上自缢而死，这不能不说是这五个人的功绩啊。

由此看来，今天那些身居高官要职的人，一旦获罪，有的抽身逃走，却无处可以容身；有的则剪去头发，闭门不出，故作疯癫而不知去向。他们这种可耻的人格和卑贱的行为，比起这五个人的牺牲精神，到底孰轻孰重？因此，周公蓼洲的忠义显于朝廷，被追赠美好的谥号，死后荣耀无比；而这五个人也因此得到加修坟墓的恩宠，将他们的名字刻在大石碑上。四方人士来此，没有不到墓前跪拜哭泣的，这实在是百年一遇的荣耀啊！否则，让这五个人都保全性命，老死于家中，平平安安度过一生，地位高的人都可以把他们当作奴仆来使唤，又怎么能使英雄豪杰屈身于他们墓前，慷慨激昂地抒发仁人志士的悲壮情怀呢？所以，我和复社的各位君子，为这陵墓空有石碑却没有碑文感到难过，于是特意写了这篇碑记，也借此说明死生意义的重大，说明普通百姓也是能为国家做出重大贡献的。

上文提到的贤德之士是：太仆寺卿吴因之、太史文起文公和姚孟长。

点评

张溥（1602—1641），字天如，号西铭，太仓（今属江苏）人，明代文学家。他幼年嗜学，读书必手抄，朗读一过后焚之再抄，如是者六七遍，故其读书室名“七录斋”。

明天启年间，宦官魏忠贤专权，迫害朝中正直的大臣，激起了极大的民愤。曾任吏部主事的周顺昌为人刚介，疾恶如仇，因指斥魏忠贤党而被罗织罪名。天启六年（1626）三月，锦衣卫前往苏州抓捕周顺昌。周顺昌有德于乡，受到士民爱戴，得知锦衣卫前来抓人，苏州百姓数万人为其喊冤乞命。锦衣卫气焰嚣张，巡抚毛一鹭是魏忠贤一党，亦厉声呵斥民众。众人义愤填膺，一拥而上，打死锦衣卫一人，毛一鹭躲进厕所才侥幸逃脱。事后，周顺昌被押解入京，遭严刑而死，颜佩韦等五位普通苏州市民则以叛乱之名被处死。魏忠贤败后，苏州百姓为表彰五人事迹，在魏忠贤废祠上为他们修墓建碑，张溥则创作了这篇碑文——《五人墓碑记》。

这篇文章记述和颂扬了苏州市民敢于同恶势力斗争的英勇事迹，热情歌颂了五位志士至死不屈的英勇行为。作者将五人之死与“富贵之子，慷慨得志之徒”庸庸碌碌、屈服于邪恶势力、不能保持刚正的气节相比，与魏忠贤一党“高爵显位者”事败抵罪的贱行相比，也与“老于户牖之下”“人皆得以隶使之”的苟活者相比，由此凸显出五人之死重于泰山。国家兴亡，匹夫有责。作者在碑记之末一语道出了本文的主旨：“亦以明死生之大，匹夫之有重于社稷也。”不仅抒发了对五人蹈义而死的敬仰之情，更充分肯定了普通百姓的正义行为对国家社稷的重要影响。

唐太宗悔过

《史纲评要·唐纪》

上命瀛州刺史卢祖尚镇交趾[①]，祖尚拜谢出。既，辞以疾。上遣杜如晦等谕旨[②]，祖尚固辞。上怒，斩之。他日，与侍臣论齐文宣何如人[③]，魏徵对曰："文宣狂暴，然人与之争，事理屈则从之。"上曰："然！向者卢祖尚虽失人臣之义，朕杀之较太暴。由此言之，不如文宣矣。"命复其官荫[④]。徵容貌不逾中人，而有胆略，善回人主意。每犯颜苦谏，或逢上怒甚，徵神色不移，上亦为之霁威。【史言魏徵善谏，愚以为幸遇太宗耳。不然，使遇好谀之主。未必不转谏为谀也。虽然，独一魏徵如是哉？君天下者，不可不以太宗为法。】

注释

① 瀛州：州名，北魏置，治所在今河北河间。卢祖尚：隋末豪杰人物，据扬州起兵称刺史，后归附唐朝。唐太宗任命其为交州（今越南河内）都督，卢开始答应赴任，但后来嫌此地太远，拒绝赴任，为太宗所杀。交趾：又名交阯，中国古代地名，地域及其文化遗迹位于今越南社会主义共和国北部。

② 杜如晦：唐太宗时期著名宰相，擅长决断。

③ 齐文宣：南北朝时期北齐开国皇帝高洋，在位初期，励精图治，倡导改革，劝农兴学；然而执政后期却变得荒淫暴虐，终因饮酒过度而暴毙，谥号文宣皇帝。

④ 官荫：旧时官吏有功于国或因公而亡，得荫其子孙入官，称为官荫，是一种恩典。

大意

太宗命瀛州刺史卢祖尚镇守交趾，卢祖尚叩头谢恩，退出。可不久之后，又推辞说自己身体不好，不愿前往。太宗派杜如晦等人给他宣讲皇帝的旨意，卢祖尚仍坚辞不去就职。太宗大怒，就把他处斩了。后来有一天，太宗与侍从大臣讨论北齐文宣帝高洋是个什么样的人。魏徵回答说：“高洋虽然狂妄凶暴，但别人与他争执，如果他自己理屈，就会听从对方意见。”太宗说：“对！上次卢祖尚虽然丧失了做臣子的道义，但我把他杀掉也太凶暴了些，从这一点上来说，我不如高洋。”于是下令恢复卢祖尚的官爵及荫庇。魏徵的外貌不过中等身材，但有胆略，善于使君主回心转意，每每犯颜苦谏，有时遇到太宗发怒，魏徵仍然神色不变，太宗也不得不为之收敛威怒。【史学家都说魏徵善于谏诤，我认为他幸亏遇上了唐太宗李世民。不然的话，假使遇上一位喜欢听阿谀奉承的皇帝，未必不由谏诤转为谄媚阿谀。虽然如此，历史上只有魏徵像这样吗？君临天下的人，不可不以唐太宗为榜样。】

点评

唐太宗李世民是唐朝第二位皇帝，也是中国历史上有名的政治家与圣明之君。他统治时期，励精图治，重视民生，积极推行科举制，唐朝国力由此强盛，开创了历史上著名的“贞观之治”局面，将中国封建社会推向鼎盛。作为皇帝的唐太宗，最为后世所称道的是他善于借鉴前人的得失，虚心听取大臣的批评意见，并勇于认错和改过。本文就是他这一品质的具体表现。一般史学家论及魏徵和唐太宗，都会说前者敢于直谏，后者善于纳谏。而李贽在评论（文中鱼尾括号内部分）中却说魏徵是否敢于直谏，在于面对的皇帝是否开明正直；如果遇上昏君，恐怕未必不阿谀奉承。历史不能假设，李贽的评论也并非要对魏徵提出质疑，而是强调作为统治者或领导者对于他人的意见或建议应虚心听取，犯了错就要及时改正，避免因小失大。

本文选自《史纲评要》，此书是明代思想家李贽的代表作。李贽自幼善于独立思考，不受儒家传统观念的束缚。为官期间，他目睹了朝廷及官员们腐败无能和百姓的痛苦，于是开始评论史事，著书立说，抨击时政。由于言论大胆激烈，被保守势力视为“异端”“邪说”。《史纲评要》属编年体史评，包括“史纲”与“史评”两部分。“史纲”以编年体形式简略地记载了自唐尧至元的历史；“评要”则以“批”“评”的形式，表达对历史人物、历史事件的看法，抒发作者的读史心得和感受。全书的“批”“评”文字虽比较简略，却能切中要害，深具启发性。标题为编者所拟。

官吏清浊（节选）

〔明末清初〕王夫之

严下吏之贪，而不问上官，法益峻，贪益甚，政益乱，民益死，国乃以亡。群有司众矣，人望以廉，必不可得者也。中人可以自全，不肖有所惮而不敢，皆视上官而已。上官之虐取也，不即施于百姓，必假手下吏以为之渔猎，下吏因之以雠其箕敛[①]，然其所得于上奉之余者亦仅矣。而百姓之怨毒诅呪，乃至叩阍号愬者[②]，唯知有下吏，而不知贼害之所自生。下吏既与上官为鹰犬[③]，复代上官受缧绁[④]，法之不均，情之不忍矣。

将责上官以严纠下吏之贪，可使无所容其私乎？此尤必不可者也。胥为贪，而狡者得上官之心，其虐取也尤剧，其馈献也弥丰；唯琐琐箪豆之阘吏，吝纤芥以封殖，参劾在前而不恤，顾其为蠹于民者，亦无几也。且有慎守官廉，偶一不捡而无从置辩者矣。故下吏之贪，非人主所得而治也，且非居中秉宪者之所容纠也[⑤]，唯严之于上官而已矣。

严之于上官，而贪息于守令，下逮于簿尉胥隶[⑥]，皆喙息而不敢逞。君无苛核之过，民无讼上之愆，岂必炫明察以照穷檐哉？吏安职业，民无怨尤，而天下已平矣。

下吏散于郡邑，如彼其辽阔也，此受诛而彼固不戢，巧者逃焉，幸者免焉。上官则九州之大，十数人而已，司宪者弗难知也；居中司宪者，二三人而已，天子弗难知也。顾佐洁身于台端[⑦]，而天下无贪吏，握风纪之枢，以移易清浊之风者，止在一人。慎之于选任之日，奖之以君子之道，奚必察于偏方下邑而待小民之讦讼其长上乎？杨廷式按县令之受财，请先械系张崇，而曰“崇取民财，转献都统”，归责于徐知诰也[⑧]。可谓知治本矣。（《读通鉴论》卷二十八）

注释

① 箕敛：用畚箕收取，即苛敛民财。

② 叩阍（hūn）：叩击宫门，指官吏、百姓到朝廷诉冤。

③ 鹰犬：打猎时追捕禽兽的鹰和狗，比喻受驱使而奔走效劳的人。

④ 缧绁（léi xiè）：捆绑犯人的绳索，借指监狱，囚禁。

⑤ 秉宪者：负责监察的官员，与下文“司宪者”意同。宪：宪台，御史官的通称，执掌纠察官吏的言行。

⑥ 簿尉：主簿和县尉，泛指地方官府协助长官治事的副职官员。胥隶：封建官府中的小吏和差役。

⑦ 顾佐：明代官员，历官庄浪知县、御史、江西按察副使、应天尹、顺天尹、右都御史，黜赃举贤，朝纲肃然。台端：御史的别称。

⑧“杨廷式”四句：出自《资治通鉴·后梁纪》。讲的是：五代十国时期，南吴将领张崇在庐州贪暴不法。庐江的百姓上诉，说庐江县令接受了贿赂。大臣徐知诰派侍御史知杂事杨廷式前往查办，打算以此来威慑张崇。杨廷式认为应该给张崇戴上刑具，并派一个官吏据罪状诘责都统。徐知诰说：“现在查办的不过是一个小小的县令，何至于此！”杨廷式说：“县令虽然是个小官，但张崇指使县令将收取的民财都转献给了比张崇地位更高的都统，难道可以舍去大官而去诘责一个小官吗？”徐知诰立刻向杨廷式道歉。

大意

严禁下级官吏贪污，但不过问上层官员如何，那么法律越严峻，贪污就越厉害，政事就越腐败，百姓也就受害越深，国家也会因此灭亡。天下的官吏很多，百姓期望他们清廉，但他们未必如此。一般的官吏可以保全自己，不正派的官员因有所顾忌而不敢放肆，主要还是看上级领导的态度。上层领导贪得无厌，即使他们不直接向百姓索取，也会借下面官吏的手去掠夺，下层官吏因而对百姓横征暴敛，但献给上司后自己所剩下的确实没有多少。而百姓所痛恨和诅咒，甚至向官府哭号上告的，往往是直接压榨他们的下级官吏，他们并不知道灾害的根源在哪里。下级官吏既然充当了上司的“鹰犬”，还要代替上司受到刑罚，可见法律的不公平，情理难容。

责令上司去严惩下级官员的贪污，就能不容私情吗？这种办法更加不可行。当下级官吏贪污时，狡猾的人有上司作保护，其巧取豪夺更加肆无忌惮，献给上司的财物也就更丰厚；那些平庸琐细的官吏，吝惜一丝一毫的财物，以求增加家产，哪怕受到参劾的威胁也不顾忌，所以他们对百姓造成的损害也没有多少。还有些一贯奉公守法的人，偶有不检点的行为便有口难辩了。所以下级官吏的贪污，不是君主所能制止的，也不是朝中负责监察之人所容易纠弹的，只有对上层官吏严格要求。如果对上层官吏严格要求，贪污就会从郡守县令中消失，他们的僚属也不敢轻易向民间索取。这样，君主就不会受到对官员考核苛刻的指责，百姓也不会因告发官员而获罪，何必非要在洞察一切之后才能找到解决问题的途径呢？官吏们安于自己的职守，百姓也没有什么怨言，天下就会太平了。

下级官吏分散在各个郡县，国家又非常广阔，即使有一两个官吏被惩处，其他地方的官吏也不会有所收敛，奸猾的人会设法逃避，幸运的人则可以漏网。上层官员整个国家也不过十几个人，监察官员不难了解他们；而在朝中负责监察的人，也不过两三人，皇帝对他们也很容易了解。比如顾佐做御史时洁身自好，天下也因此没有贪官污吏，掌握天下风气的走向，从而改变社会的清浊，只在这一个人。在选任官员时应十分慎重，用君子之道去引导他们，又何必再去查遍天下，看看哪里有被百姓告发的官员呢？杨廷式审理县令受贿的案件，请求先治张崇的罪，说“张崇搜刮百姓钱财，然后上交给都统”，指出徐知诰的认识不足之处。可以说他是找到了治理的根源。

点评

对于明代的官场来说，所谓的官清似水、吏滑如油，其实是对身处高位者的一种开脱。真实的社会情况是：小吏奸猾，残虐百姓；大官贪墨，祸国殃民。因此，王夫之认为，整肃官场风气最直接最有效的手段，便是特别关注国家中高级官吏的贪腐行为，并对其予以严惩。这种方法具有很好的警示作用，有助于改善整个官场的风气，同时促使这些高层官员能够更负责地主动监督下属。况且，把有限的监察资源配置到监督高层官僚上，也不失为一种好钢用在刀刃上的做法。标题为编者所拟。

论隆兴北伐

〔明末清初〕王夫之

萧思话一溃①，而刘宋日削；吴明彻一奔②，而陈氏族亡；契丹之送死于女直，女直之舆尸于蒙古③，皆是也。宋之不亡，其能几乎？人言和而我言战，义足以相胜，名足以相压。而强敌窥见其无成谋，则气益振；异己者坐待其无成绩，而互相摇；天下亦共望其有成功，而终不可得。史浩曰④：“一失之后，恐陛下不得复望中原。”未必非深识之言也。孝宗在位二十七年，德远虽没⑤，未尝不可有嗣以图功者，惜哉其一仆而终不能兴矣。情愈迫者，从事愈舒；志愈专者，咨谋愈广；名愈正者，愈尽其实；断愈坚者，愈周其虑。大有为之君相，务此而已矣。（《宋论·孝宗》）

注释

① 萧思话（400—455）：南北朝时期南朝宋官员，善骑射。在与北魏的战争中攻城不下，最终无功而返。“萧思话一溃”当指这件事。

② 吴明彻（512—578）：南北朝时期南朝陈的将领，多次率兵击败北齐。北周灭北齐后，他又率军北伐，终因孤军深入，战败被俘。不久，忧愤而死。

③ 女直：女真，因为金朝的统治民族为女真族，所以此处代指金朝。舆尸：以车运尸，此处指被灭亡。

④ 史浩（1106—1194）：南宋著名政治家，时任参知政事，即副宰相。

⑤ 孝宗（1127—1194）：南宋孝宗赵昚，宋高宗的养子，受高宗禅位而登基，在位二十七年，是南宋较有作为的皇帝。德远（1097—1164）：即张浚，字德远，南宋抗金将领，晚年率军北伐金朝，最终以失败告终。没（mò）：死去。

大意

萧思话溃败之后，南朝的刘宋政权就开始衰落；吴明彻撤退之后，陈朝很快就亡国了；后来，契丹被女真灭亡，女真被蒙古吞并，都是一样的道理。那么宋朝有可能不灭亡吗？当时，有人主张议和，有人主张抗战，主战方在道义上完全处于上风，在名誉上也占压倒性优势。但强大的敌人却已看出，宋朝对于如何作战并没有明确的谋划，于是敌人的气势就越发振作；宋朝内部的异己势力则坐等着主战派无功而返，相互动摇着信念；天下人都盼望着南宋能够取得胜利，最后却归于战败。史浩对宋孝宗说："这一次失败之后，恐怕皇帝您就再也不要指望能恢复中原了。"这句话真是远见卓识啊！孝宗在位二十七年，可谓时间长久。这期间，张浚虽然去世了，仍可以让其他人来谋划北伐，可惜他在一次失败之后，竟未能振作起来。心情越是急迫，做事就越该沉着；志向越是坚定，就越该广泛咨询筹划；名义越是正当，就越该做到实处；决断越是果断，就越该考虑周密。大有作为的帝王将相，都必须致力于此啊！

点评

王夫之（1619—1692）是明末清初著名学者，因其晚年居于衡阳湘西石船山，又称船山先生，与黄宗羲、顾炎武并称为"明末清初三大思想家"。鉴于明朝亡国的切肤之痛，王夫之结合宋朝兴衰荣辱的历史事实，阐发了自己经世济国的政治思想，而成《宋论》一书，它不仅体现了王氏的史论思想，而且反映了清初思想界以史为鉴的风气。

这篇选文是针对南宋孝宗时期“隆兴北伐”这一事件的评论。标题为编者所拟。孝宗是南宋历史上鲜有的有为之君，早在做太子时，他就意图恢复中原。即位后先将岳飞冤案昭雪，再起用主战派老臣张浚，表现出抗金的决心。隆兴元年（1163）正月，孝宗让张浚全权主持北伐事宜。四月，张浚令李显忠、邵宏渊两路出兵攻金。进军之初，连连得胜。但张浚这人志大才疏，虽有一腔北伐的热情，却没有接续的谋略。邵宏渊则心胸狭隘，不服主将李显忠的节制，使宋军无法统一作战。而李显忠自己也产生了轻敌心理，造成军心浮动。金军见此很快组织反攻，最终在符离击溃李显忠军，历时二十天的北伐遂告失败。

针对这一事件，王夫之总结了四条从政处事经验：“情愈迫者，从事愈舒；志愈专者，咨谋愈广；名愈正者，愈尽其实；断愈坚者，愈周其虑。”用今天的话来理解：一是任务紧迫也要处事从容。“先把自己的心态摆顺了，内在有激情，外在还是要从容不迫。”二是志向坚定也要广纳良言。在有坚定理想信念的同时，充分征求各方面的意见是制定合理政策、顺利开展工作的前提。三是名正言顺也要务实执行。比如“一带一路”合作发展理念，从倡议提出，到中央外事工作会议部署，再到工作领导小组成立，既有历史经验，又有理论依托和组织保障，可谓名正言顺。如今这个理念已进入全面实施阶段，成功的关键就在于务实的态度和执行力。四是决策果断也要思虑周全。遇事不犹豫，当机立断、雷厉风行，这是值得肯定的工作态度。但在果断的同时要思虑周详、权衡协调、统筹兼顾，从而避免因果断带来的草率和疏忽。

为官贵有廉耻心

〔明末清初〕王夫之

何进辅政[①]，而引袁隗同录尚书事[②]，隗之望重矣，位尊矣，权盛矣。绍及术与进同谋诛宦官，而隗不能任；进召董卓[③]，曹操、陈琳、郑泰、卢植皆知必乱[④]，而隗不能止；董卓废弘农立陈留[⑤]，以议示隗，而隗报如议；犹然尸位而为大臣，廉耻之心荡然矣。然且终死于卓之手而灭其家。故夫有耻者，非以智也，而智莫智于知耻。知耻而后知有己；知有己而后知物之轻；知物之轻，而后知人之不可与居，而事之不可以不断。故利有所不专，位有所不受，功有所不分，祸有所不避。不知耻而避祸，是夜行见水而谓之石，不濡其足不止也。以疲老荏弱之情，内不能知子弟之桀骜，外不知奸贼之雄猜，自倚族望之隆，优游而图免，而可谓有生人之气乎？东汉之有袁氏与有杨氏也，皆德望之巨室，世为公辅，而隗与彪终以贪位而捐其耻心[⑥]。叔孙豹曰："世禄也，非不朽也。"[⑦]信夫！不朽

有三，唯有耻者能之；隗与彪，其朽久矣。（《读通鉴论》卷八）

注释

① 何进（？—189）：东汉灵帝时外戚，官至大将军而独揽朝中大权。后与袁绍、袁术等人谋诛宦官，不料计划泄露，被宦官张让等先下手，遭杀身之祸。

② 袁隗（？—190）：官至东汉太傅，出身名门，袁绍、袁术之叔。董卓专权后，因袁绍反董卓而被牵连，遭杀害。录尚书事：官名，是一种加官，凡加此头衔者，可代表皇帝对尚书台的一切事务进行总领，地位极其显赫，位高权重。

③ 董卓（？—192）：东汉末年少帝、献帝时权臣，凉州军阀，官至太师。灵帝末年的十常侍之乱时受大将军何进之召率军进京，旋即掌控朝中大权。其为人残忍嗜杀，倒行逆施，招致群雄联合讨伐，终为其亲信吕布所杀。

④ 曹操（155—220）：东汉末年杰出的政治家、军事家，曾担任东汉丞相，后为魏王，三国中曹魏政权的奠基人。陈琳（？—217）：曾任大将军何进的主簿（掌管文书的佐吏）。何进被杀后，入袁绍幕府。官渡之战，袁绍失败，陈琳为曹军俘获。曹操爱其才，任为司空军师祭酒。郑泰：大将军何进辅政，被征为尚书侍郎，迁侍御史，因进谏不成而弃官。后与荀攸共谋诛杀董卓，事泄，东逃归袁术，任扬州刺史，于赴任途中病逝。卢植（139—192）：东汉

末年著名经学家、将领，曾任北中郎将，率军平定黄巾军起义。

⑤ 弘农：弘农王刘辩，灵帝驾崩后继位，史称少帝。由于年幼，实权掌握在临朝称制的母亲何太后和外戚大将军何进手中。后又受制于董卓，终被废为弘农王。陈留：陈留王刘协，汉灵帝驾崩后被封为陈留王。董卓废少帝刘辩而立刘协为帝，即东汉最后一位皇帝献帝。

⑥ 彪：杨彪（142—225），东汉末年大臣，历任三公。后见汉室衰微，便谎称脚疾，不理世事。曹丕称帝后，拜为光禄大夫。因此事，王夫之认为他无忧国之心。

⑦ 此句语出《左传·襄公二十四年》。叔孙豹：春秋时期鲁国大夫。

大意

东汉末年，何进以大将军的身份辅佐朝政，他让袁隗与自己共同担任录尚书事一职，袁隗的名望变得很重，地位异常尊贵，权力也很大。后来，袁绍、袁术与何进共同谋划诛杀宦官，袁隗却不能在此事中担当大任；何进准备召董卓进京，曹操、陈琳、郑泰、卢植都知道此举一定会出乱子，便加以劝阻，袁隗却不能制止何进；董卓擅自废掉少帝刘辩而改立陈留王刘协为天子，当他征求袁隗的意见时，袁隗竟然表示同意；袁隗就像是一个活着的尸体居于大臣之位，其廉耻之心早已荡然无存。然而，他最终还是死于董卓之手，而且全家遭到抄灭。所以说，有廉耻之心的人，并非恃其才智，要说真正的才智，没有比知道廉耻更大的了，知廉耻然后才能认清自己；认清自己才知道财物、地位都是微不足道的身外之物，是很轻的；懂得财物、地位之轻，才知道什么样的人不可与之共事，以及做事要当机立断。所以某些利益不可专擅，某些职位不能接受，某些功劳不能占有，某些灾祸不能逃避。不知廉耻地逃避灾祸，就像是夜间行路一样，见到水却说是石头，不湿其脚就不停止前进。袁隗年老体弱，内不知道子弟的志向，外不知那些奸贼对自己的猜忌，自恃出身望族，想悠闲自在地免除灾祸，像这种人还有活人之气吗？东汉时期，袁氏和杨氏都是德高望重的大家族，世代都有公卿辅臣，而到了袁隗和杨彪时，最终因为他们贪恋禄位而抛弃了自己的廉耻之心。叔孙豹说：“世官世禄，并非能够永远保存下去的东西。”这话是可信的！古人以立德、立言、立功为三不朽，只有存廉耻之心的人才能拥有它们。袁隗和杨彪，他们早就腐烂磨灭了。

点评

本文是王夫之针对东汉末年大臣袁隗的为官行为而阐

发的议论。东汉末年，宦官专权、政治动荡、民不聊生，袁隗德高望重、手握重权，本该救国家于危难之中，谁知他遇事先求自保，欲以“悠闲不做事”来保住自己的禄位，即使面对专权的董卓废帝这种大逆不道的行为，他也是唯唯诺诺，不敢提出异议，最终还是身死人手。在王夫之看来，袁隗就是贪恋禄位而抛弃了廉耻之心的典型，用“尸位素餐”一词形容再合适不过了，这本身就是一种腐败。知廉耻，是为官者最应具备的官德，北宋欧阳修在《新五代史》中说：“廉耻，立人之大节。盖不廉则无所不取，不耻则无所不为，人而如此，则祸乱败亡，亦无所不至；况为大臣而无所不取不为，则天下其有不乱，国家其有不亡者乎！”明末清初学者顾炎武更是一针见血地指出：“士大夫之无耻，是谓国耻。”箴言若此，当为后世所鉴。

《读通鉴论》是明末清初思想家王夫之倾其一生心血完成的一部史论著作。该书借引司马光《资治通鉴》所载史实，系统地评论了上自秦朝下至五代的历史，分析历代成败得失，臧否人物，以古鉴今，堪称传统史论中最系统最精彩的杰作，反映了王夫之进步的历史观和政治思想。标题为编者所拟。

宓子治单父[①]

〔明〕冯梦龙

齐人攻鲁，由单父。单父之老请曰：“麦已熟矣，请任民出获，可以益粮，且不资寇。”三请而宓子不许。俄而齐寇逮于麦，季孙怒[②]，使人让之。宓子蹙然曰[③]：“今兹无麦，明年可树。若使不耕者获，是使民乐有寇。夫单父一岁之麦，其得失于鲁不加强弱；若使民有幸取之心，其创必数世不息。”季孙闻而愧曰：“地若可入，吾岂忍见宓子哉！”

按语：于救世似迂，于持世甚远。(《智囊·上智部·远犹》)

注释

① 宓（fú）子：名不齐，字子贱，春秋鲁国人，孔子学生。单（shàn）父：

鲁国地名，在今山东菏泽境内。

② 季孙：鲁庄公弟季友后裔，世为大夫，执掌鲁政，颇专擅，权势极盛。

③ 蹙（cù）然：忧愁不悦的样子。

大意

齐国攻打鲁国，路经单父。单父的长者就去请示地方长官宓子说："现在小麦已经成熟了，请求听任百姓收割，如此既可以增加粮食，且不会成为敌军的军资。"多次请求宓子，宓子都不答应。不久，官差在麦田里逮到偷麦的齐人，季孙氏大怒，派人去责备宓子。宓子忧愁不悦地说："今年没有了麦子，明年可以再种，若让不耕田的人获得粮食，那么，老百姓就会高兴于敌人入侵。且单父之地一年的小麦多寡得失，也影响不了鲁国的实力；若让老百姓养成侥幸获利心理，那时对鲁国人造成的伤害，将是几代也恢复不了的。"季孙氏听后，非常惭愧地说："地上如果有缝，我宁肯钻下去，也无脸去见宓子了。"

冯按：宓子的话从拯救国家的角度来看，似乎有些迂腐，但从经理世事的角度来看，眼光非常远大。

点评

《智囊》是明代冯梦龙辑录史实逸事的一部笔记体小说，搜集自先秦至明代的智慧故事，上自经国大略，下至市井小智，内容幽默生动而富于启迪。冯梦龙在故事中又加入自己的评语，多是针对时事有感而发，或表达其政治主张，或批评时政，针砭时弊。本选段讲的是春秋时候的一个故事。从拯救国家的角度看，宓子的话，好像有点迂腐；但从治理国家的角度来说，则是很有远见的。

张居正变法增效（节选）

《明史·张居正传》

居正为政，以尊主权、课吏职、信赏罚、一号令为主[①]。虽万里外，朝下而夕奉行。黔国公沐朝弼数犯法[②]，当逮，朝议难之。居正擢用其子，驰使缚之，不敢动。既至，请贷其死，锢之南京。漕河通，居正以岁赋逾春，发水横溢，非决则涸，乃采漕臣议，督艘卒以孟冬月兑运[③]，及岁初毕发，少罹水患。行之久，太仓粟充盈，可支十年。互市饶马[④]，乃减太仆种马[⑤]，而令民以价纳，太仆金亦积四百余万。又为考成法以责吏治。初，部院覆奏行抚按勘者，尝稽不报。居正令以大小缓急为限，误者抵罪。自是，一切不敢饰非，政体为肃。

注释

① 课：按一定的标准进行考核。

② 沐朝弼：明朝开国大将沐英的第八代孙，是个野心勃勃的骄纵之徒。

③ 孟冬：指冬季的第一个月，即农历十月。兑运：明代漕运方式之一。由官军代运漕粮，百姓支付相应的路费和耗米。

④ 互市：中原王朝与周边各族、外国之间的贸易往来。

⑤ 太仆：专管官府畜牧事务的官员。

大意

张居正执政时，把尊崇朝廷、考核官吏、信守赏罚、统一号令作为主要措施。即使远在万里之外，早上下达的政令到晚上就要执行。黔国公沐朝弼屡次犯法，应当逮捕，大臣们感到为难。张居正先提拔了他的儿子，又派人飞快地将他逮捕，令沐朝弼不敢反抗。犯人被押到朝廷后，朝臣们请求宽免他的死罪，张居正便把他押往南京监禁。漕运河道开通后，张居正发现，每年的漕粮往往到来年春天还未运完，如遇春雨水灾，不是河堤溃决，就是河道干涸。于是他采纳漕臣建议，令运粮士兵每年十月开始兑运，到第二年年初即发运完毕，这样就减小了遭受水灾的概率。这项政策执行之后，仓库粮食储备充足，可供十年之用。通过常年的互市贸易，明朝的马匹增多了，张居正便下令将太仆所养的种马卖给民间，如此一来，太仆寺马政费用也积累下四百多万。张居正还制定了考成法，用以考核官吏政绩。起初，部院覆奏让巡抚巡按查勘的文件，往往被滞留而没有答复。张居正下令，按事情的大小缓急规定期限，延误者要判罪受罚。此后，官员们做事不再文过饰非，政治风气整肃一新。

点评

张居正是明代最卓越的政治家之一，其改革思想在他的文集中俯仰皆拾：“随时制宜”，“天下之事，极则必变，变则反始”，“其变不可胜穷”，等等。在他看来，政制需因时而制宜，因势而利导，需求新、求变，才能长久生存。虽然从严格意义上说，张居正的改革只是对旧制度的修补，但在其所处的历史背景下，已称得上是起衰振敝。明王朝也因此出现了短暂的中兴，国运得以延续半个多世纪。标题为编者所拟。

籍没财产代民租

〔清〕赵翼

权臣强藩，积赀无艺，或亲行掊克，或广收苞苴[①]，无一非出自民财。汉桓帝诛梁冀[②]，收其财货，县官斥卖三十余万，以充官府用，减天下税租之半（《梁冀传》）。唐李锜反[③]，兵败伏诛，朝廷将辇其所没家财送京，李绛奏言，锜家财皆刻剥六州之人所得[④]，不如赐本道，代贫下户今年租税，宪宗从之（《李绛传》）。以横取于民者仍还之民，此法最善。宪宗英主，其说易从，不谓桓帝先已行之也。后世有似此者，籍没贪吏之财，以偿民欠，籍没权要之财，以补官亏，亦裒益之一术也[⑤]。（《廿二史札记》卷五）

注释

① 苞苴（jū）：用苇或茅草编织成的包裹鱼肉之类食品的用具，多为馈赠的礼物。后引申为贿赂。

② 梁冀：东汉时期外戚、权臣。顺帝时为大将军。顺帝死，梁太后临朝，乃操权柄，先后立冲、质、桓三帝，专断朝政近二十年，贪乱无已、恶贯满盈。后在桓帝的胁迫下，梁冀自杀。

③ 李锜（qí）：唐宗室，以献珍宝取宠于德宗皇帝，又凭借财富，交结朝臣，侵吞国用。后任镇海军节度使。元和二年（807），举兵反叛，兵败后被送到京师腰斩。

④ 六州：指唐德宗时镇海军所辖六州，即润州（治今江苏镇江）、常州（治今江苏常州）、苏州（治今江苏苏州）、杭州（治今浙江杭州）、湖州（治今浙江湖州）、睦州（治今湖北长阳）。

⑤ 裒（póu）益：减少和增加。

大意

有权势的大臣和强横的藩王，积聚钱财没有极限，有的亲自进行搜刮，有的广为收受贿赂，没有一种不是出自百姓的财物。汉桓帝诛杀梁冀，没收他的钱财货物，官府变卖得钱三十多万，用来充作官府的费用，于是下诏减免天下租税的一半（《梁冀传》）。唐代李锜反叛兵败被杀，朝廷打算抄没他的家财送到京师，李绛上奏说，李锜的家财都是苛刻盘剥六州人民所得，不如赏赐给本地道府，用来代替贫贱穷困人家今年的租税，唐宪宗听从了他的建议

(《李绛传》)。把横征暴敛于百姓的财物仍旧归还百姓，这种做法最好。唐宪宗是英明的君主，李绛的主张容易被听从，只是这种措施汉桓帝就已率先实行了。后代也有类似做法，没收贪官污吏的财物，用来抵偿百姓的亏欠，没收权贵显要的财物，用来弥补官府的不足，这也是削减有余以补不足的一种方法。

点评

本段文字运用会通的方法，对《汉书》《旧唐书》《新唐书》中记载的西汉及唐代皇帝处理贪官财产的史实进行了考察。作者首先明确指出那些贪官污吏所聚敛的财产都是民脂民膏；接着，他举了汉桓帝变卖权臣梁冀的财产充作官府资费并减免全国一半的租税，以及唐宪宗听从大臣建议将宗室李锜的财产抵偿贫民租税两件史实；最后，提出汉桓帝、唐宪宗这种取之于民还之于民、惠施百姓的做法是积极、合理的，并主张后世应当效仿这种削减有余以补不足的手段。可以看出，作者是从经世致用的价值取向出发，以是否有益于国计民生作为标准，来衡量政治举措的得失，体现出强烈的民本意识。这种行政思想，于今仍有借鉴意义。

《廿二史札记》共三十六卷，是清代著名史学家赵翼读史笔记性质的著作。此书采用以史证史的方法，对历代正史作整体考察，对史著和历史现象、史实、事件、人物进行客观评价，条理清晰、有考有论，特别注重经世致用，梁启超曾评价说：赵翼“用归纳法比较研究，以观盛衰治乱之原”。从这点来看，其价值远在其他读书笔记之上。

哀盐船文

〔清〕汪中

乾隆三十五年十二月乙卯，仪征盐船火[①]，坏船百有三十，焚及溺死者千有四百。是时盐纲皆直达，东自泰州，西极于汉阳，转运半天下焉。惟仪征绾其口，列樯蔽空，束江而立，望之隐若城郭。一夕并命，郁为枯腊，烈烈厄运，可不悲邪！

于时玄冥告成[②]，万物休息。穷阴涸凝，寒威懔栗。黑眚拔来[③]，阳光西匿。群饱方嬉，歌咢宴食。死气交缠，视面惟墨。夜漏始下，惊飙勃发。万窍怒号，地脉荡决。大声发于空廓，而水波山立。于斯时也，有火作焉。摩木自生，星星如血。炎光一灼，百舫尽赤。青烟睒睒，熛若沃雪。蒸云气以为霞，炙阴崖而焦爇。始连楫以下碇，乃焚如以俱没。跳踯火中，明见毛发。痛謈田田[④]，狂呼气竭。转侧张皇，生途未绝。倏阳焰之腾高，鼓腥风而一吷。[⑤]洎埃雾之重开，遂声销而形灭。齐千命于一瞬，指人世以长诀。发冤气之焄蒿[6]，合游氛而障日。行当午而迷方，扬沙砾之嫖疾。衣缯败絮，墨查炭屑，浮江而下，至于海不绝。

亦有没者善游，操舟若神。死丧之威，从井有仁。旋入雷渊，并为波臣[7]。又或择音无门，投身急濑，知蹈水之必濡，犹入险而思济。挟惊浪以雷奔，势若隮而终坠[8]。逃灼烂之须臾，乃同归乎死地。积哀怨于灵台，乘精爽而为厉。出寒流以浃辰，目眲眲而犹视。知天属之来抚，慭流血以盈眦。[9]诉强死之悲心，口不言而以意。若其焚剥支离，漫漶莫别。圜者如圈，破者如玦。积埃填窍，攦指失节[10]。嗟狸首之残形，聚谁何而同穴！收然灰之一抔，辨焚余之白骨。呜呼，哀哉！

且夫众生乘化，是云天常。妻孥环之，绝气寝床。以死卫上，用登明堂。离而不惩，祀为国殇。兹也无名，又非其命。天乎何辜，罹此冤横！游魂不归，居人心绝。麦饭壶浆，临江呜咽。日堕天昏，凄凄鬼语。守哭屯邅[11]，心期冥遇。惟血嗣之相依，尚腾哀而属路。或举族之沉波，终狐祥而无主[12]。悲夫！丛冢有坎，泰厉有祀[13]。强饮强食，冯其气类。尚群游之乐，而无为妖祟！人逢其凶也邪？天降其酷也邪？夫何为而至于此极哉！（《汪容甫文笺》卷中）

注释

① 仪征：今江苏仪征，地处长江北岸，是古代重要的水运口岸。清代在此地设有盐引批检所，有大量盐船在此停泊。

② 玄冥告成：表示时间是在深冬。玄冥：指冬神，《礼记·月令》：“（季冬之月）其帝颛顼，其神玄冥。”告成：完工上报之义。此句意指冬季已进入尾声。

③ 眚（shěng）：原义是眼睛生翳，此处指遮蔽视野的雾气。拔来：指出现得很突然。

④ 謈（pó）：因疼痛而呼喊。田田：捶胸顿足的样子。

⑤ “倏（shū）阳焰之腾高”二句：描述火忽然腾起，肆意吞噬人命的情状。吷（xuè）：口吹气的声音。

⑥ 焄蒿（xūn hāo）：此指死人怨气的散发。

⑦ 波臣：水中生物，此处喻指溺水而死者。

⑧ 隮（jī）：上升的意思。

⑨ “知天属之来抚”二句：古人认为人暴死后，亲人临尸，尸体会眼鼻出血，以示泣诉。天属：血缘关系极近的亲属。慭（yìn）：伤痛。眦（zì）：眼眶。

⑩ 捩（lì）指失节：折断骨节。

⑪ 屯邅（zhūn zhān）：行走艰难的样子。

⑫ 狐祥：彷徨无依的样子。

⑬ 泰厉：此处指死而无后的鬼。

大意

乾隆三十五年（1770）十二月乙卯，江苏仪征运输海盐的船只起火，被焚毁的船只有一百三十多条，被烧死和淹死的有一千四百多人。当时运盐的船帮都是直达的，东起泰州，西抵汉阳，转运半个中国。仪征正是控扼盐船的水路要津，那里的船只聚集，桅杆遮蔽了天空，船只沿江停泊，远远望去，仿佛一座城池。这么多人一夜间全都丧了命，被烧成焦枯的干肉，如此残酷的厄运，怎能不令人悲伤！

当时，季节接近冬末，万物已停止生长。严冬时天气极其阴沉，严寒的威力使人冻得发抖。黑色的云雾疾速卷来，太阳下山。大家吃饱了，正在嬉戏，宴席上又歌又唱。死气交缠着他们，看上去满脸晦气。黑夜刚刚来临，狂风突起，万千孔穴呼啸，江水震荡，堤岸决口，剧烈的声响发于空旷，水面波涛汹涌，浪峰矗立如山。正在这时，火灾发生了。木与木摩擦起火，只见星星点点如血。在火光灼照下，所有的船都成了红色。青紫色的光焰闪烁，飞火烧船，如沸水浇雪，火势蔓延得十分迅速。烈火把天空中的云气蒸烤成了红霞，背阳的阴湿河崖也被烈火烧灼得发焦。因船与船连在一起抛锚停泊，所以都被烧毁沉没。船民纷纷跳窜徘徊于烈火中，火焰映照出他们的头发。痛苦的呼喊声，狂呼乱叫，以致声疲力竭。或翻来覆去，转身顾盼，惊惶失措，逃生的途径尚未断绝。忽然明亮的火焰腾空高升，腥风吹过，夹杂着吱吱的烧灼之声。直到烟灰浓雾消散，声音最终消逝，躯体毁灭。成千的人都在一瞬间丧失了性命，向人世永诀。鬼魂发散的冤气散发，汇合飘游的云气遮蔽了太阳。到第二天中午，这股冤气就像迷失了方向一样，飞扬起沙砾，轻快随行。各种衣服碎片，浮在水面的烧焦的木头和炭火的碎屑，漂浮着顺江而下，到海里也没断绝。

也有一些能潜水、善游泳的人，操纵舟船出神入化。他们冒着生命危险，去拯救别人，坠入水中，同样被溺死。还有无路逃生的人跳入急流，明知投入水中会被淹死，仍然冒险而企图活命。裹挟惊涛汹涌，拼命地划水，有些人看上去好像爬上了浪巅，但最终又沉没了。这些人虽然暂时避免了烧灼的痛苦，但仍然难逃一死。鬼魂积聚着哀苦在内心，魂魄不宁而兴妖作怪。多天以后，死尸漂浮在寒冷的江面上，他们没有闭上眼睛。死者知道亲属来慰告，流血盈眶，向亲人诉说厄运，口不能言，以目示意。人被烧死后，骸体破碎不全，面目焦糊，难以辨认。完好的人像圈，破损的人像块。口鼻眼耳塞满了尘埃，肢体也折断了。可叹肢体残缺不全、互不相识的人同葬在一个墓穴里。即使收取一捧燃灰，也难以分辨是谁的白骨。唉！简直太悲惨了！

人的病死和老死，是正常的自然现象。妻子和儿女环绕在周围，断气在床上。为保卫国君而死的勇士，死后可以跻身于君主的宗庙而受到祭祀。那些为国捐躯、身首异处而不屈的人，被奉为烈士而受到祭祀。但这些遇难者却死而无名，况且又非善终。老天啊，这些人有何罪过，非遭受这样的横死！游荡的冤魂不归去，亲人心里悲痛欲绝。他们捧着祭奠亡魂的酒类、食品临江洒泪。天昏地暗，凄凄鬼语。死者的亲人守在亡人身边哭泣徘徊，希望能在阴曹地府同亲人相遇。而那些死者的嫡亲子女相互搀扶着，则一路哀声。有的全家因大火落水而死，死者的阴灵孤独无依，没人来祭祀他们。多么可悲啊！多么希望虽葬在乱坟岗上，但每个人也有单独的墓穴；虽是死而无后的鬼，但也享有祭祀。希望死者的灵魂可以多吃点东西，并找些爱好相投的鬼魂一起游乐。希望他们喜欢群游的快乐，而不要兴妖作怪。是人遭遇不吉利呢？还是老天有意降下残酷的灾难呢？为什么会发生这悲惨至极的事故呢？

点评

这是一篇哀悼死难者的文章，但作者并没有把自己的情感径直宣泄出来，而是综合了各种材料，将它们裁剪分排、熔铸为一体，在这个过程中寄寓自己的悲痛之情。文章可分为四大部分，每部分内容各有侧重，却又相互映衬，浑然一体。开头部分，说明了灾难的总体情况，明其死伤之巨，为全文定下悲怆的基调。第二部分自“于时玄冥告成”始，写火灾始末，先言其背景，摹写当日事发前诡异阴森的氛围，为下文惨烈之景做了极好的铺垫。之后写起火，其描述火势之凶猛、状写人命之脆弱，令人触目惊心，这呼应了开头“焚及溺死者千有四百”等文字，与之前所状“隐若城郭”的盛景形成了对比，祸福无常之理自见于此。第三部分自“亦有”句始，上一部分写的是火噬人，重点在火，这一部分则写人逃火，重点在人。笔锋如此一转，内容方照顾得周全，既写了焚死者又写了溺死者。同时，这两部分亦是相辅相成，既然之前写了火势之猛烈，则继以细述人在火中挣扎求生的过程与终难逃劫的结果，方能体现事件之惨烈。另外，这部分先写人生前的挣扎，之后又写人死后的惨状，全文的悲怆气氛被推向了高峰。第四部分自“且夫”始，直至文末，是作者所发的议论，抒发了他对这场灾难的感慨：寿终正寝者，有妻孥环立于侧；为国战死者，祀为国殇，用登明堂；唯独盐船死难者，死于横祸，无人哀祭。作者的悲痛之情溢于言表，彰显了哀悯死难者的同情心，透露出一种悲天悯人的情怀。

宋太祖杯酒释兵权

《评鉴阐要》

读史者率以宋祖“杯酒释兵权”为不动声色而措天下之安[①]，此鄙见也。守信数人若果不可制[②]，岂数言委曲规讽所能罢其典兵者[③]？彼时宋主英勇固出数人之上，操纵由己，消患未然。守信诸人方承命不暇，又何敢有异议乎？史家无卓识，徒于杯酒诡辞处炫奇[④]，以为秘计神谋，而不于宋主英断勇为处着眼，而后世遂以为是妙策独出。吁！可笑矣！

艺祖平时尝言“帝王自有天命”[⑤]，且笑周世宗杀方面大耳之非[⑥]，居然豁达大度者。乃芥蒂未忘，疑黄袍之复加，恐剧镇之难制，且不以正道消祸于未然，徒以杯酒诡辞释兵权，罢藩镇，岂笃于信天而明于为政者耶？（《评鉴阐要》卷七）

注释

① 宋祖：宋太祖赵匡胤，北宋的开国皇帝。

② 守信：北宋开国大将石守信。后周时官至义成军节度使，与赵匡胤相亲厚。宋初参加平定潞州、扬州等战役。后由赵匡胤授意，与王审琦、高怀德等自请解除兵权。

③ 委曲规讽：以委婉的言辞进行规劝。委曲：婉转、委婉。讽：以委婉的言辞暗示、劝告。

④ 诡辞：怪诞不实之言。

⑤ 艺祖：宋朝人对宋太祖赵匡胤的称呼，后世从宋人之俗，亦称赵匡胤为艺祖。

⑥ 周世宗：后周皇帝柴荣。在位期间，柴荣改革政治、整顿军事，奖励生产；又北攻契丹，收复莫、瀛、易三州。这些措施为北宋统一奠定了基础。

大意

读史的人大多认为宋太祖“杯酒释兵权”是不动声色而置天下于安定，这是鄙陋之见。石守信等人倘若果真不可节制，难道用几句委婉规劝的话就能够撤销他们的典领禁军之权吗？当时宋太祖英武神勇原本超出这几人，如何操纵此事完全决定于他自己，因此可以消除后患于未然。

石守信等人只能承受命令无暇他顾，又怎么敢有异议呢！史家没有卓越的见识，只专注于杯酒之间的诡辩之词来夸耀此事的奇特，还认为这是一种秘计神谋，却不从宋太祖英明决断、勇敢有为处着眼，而后世之人于是也认为这是宋太祖所想出的独特的妙策。唉！实在是可笑啊！

宋太祖平时经常说“帝王自有天命”，并且嘲笑周世宗杀死长得方面大耳的人的错误，俨然是一位豁达大度之人。然而他念念不忘旧事，怀疑黄袍加身之事会重演，害怕强大方镇的主帅难以节制，而且不用正道来消除祸患于未然，只是用宴会饮酒、诡辩之词来解除兵权、罢黜藩镇，怎么能算得上是一个笃信天命且明白为政之道的人呢？

点评

北宋太祖赵匡胤“杯酒释兵权”的故事为后人所熟知，主旨是说赵匡胤不费吹灰之力，觥筹间就让石守信等握有重兵的将领主动交出了兵权，解除了自己的忧虑和后患。后世有不少谋略书籍，如明人樊玉冲的《智品》、孙能传的《益智编》等，都把这个故事列为智谋的典范，推崇有加。然而，对于这一事件，清代乾隆皇帝却有着不同的看法。他认为顺利解除大将的兵权不在于酒杯间的“诡辞”，而在于赵匡胤的果敢、决断，以及随着自己实力的扩充而形成的众星拱月的形势，这也是他高于五代亡国之君的地方。此外，乾隆皇帝还一针见血地批评赵匡胤解除兵权的方法是不用正道，并非真正懂得为政之道。乾隆皇帝的观点对后人不无启发。身为领导者，应当具备英明决断、勇敢有为等基本素质，同时要加强自我修养、正确处理人际关系、恪守职业道德、公正公平地对待人和事，从而提高自己的威信和领导力。这才是率领团队取得成功的关键。

提及《评鉴阐要》，要先介绍《御批历代通鉴辑览》一书。此书是在乾隆帝亲自参与和裁断下，由清朝官方纂修的一部大型纲目体编年通史。全书共一百二十卷，记事上起伏羲氏，下迄明亡，为中国古代史籍中记事时间最长的一部史书。始修于乾隆二十四年（1759），正式告成于乾隆三十三年（1768）正月。从体例上看，全书由正文和乾隆帝的批语（简称“御批”）两部分构成，其中“御批”共有一千九百余条，内容涵盖广泛，举凡政治、经济、军事、文化诸方面无所不包，观点不无创见。乾隆三十六年（1771），《四库全书》馆臣又奉乾隆帝敕谕，精选《御批历代通鉴辑览》中的七百七十八条“御批”而另成一书，定名为《评鉴阐要》，收入《四库全书》史评类。《评鉴阐要》共十二卷，其所收录的“御批”是《御批历代通鉴辑览》一千九百余条批语的精华所在。本篇标题为编者所拟。

人才论（节选）

〔清〕魏源

人有恒言曰“才情”，才生于情，未有无情而有才者也。慈母情爱赤子，自有能鞠赤子之才；手足情卫头目，自有能捍头目之才。无情于民物而能才济民物，自古至今未之有也。小人于国、于君、于民，皆漠然无情，故其心思智力不以济物而专以伤物，是鸷禽之爪牙①，蜂虿之芒刺也②。才乎，才乎！《诗》曰：“凡民有丧，匍匐救之。”③（《默觚·治篇一》）

不知人之短，不知人之长，不知人长中之短，不知人短中之长，则不可以用人，不可以教人。用人者，取人之长，辟人之短；教人者，成人之长，去人之短也。惟尽知己之所短而后能去人之短，惟不恃己之所长而后能收人之长；不然，但取己所明而已，但取己所近而已。（《默觚·治篇七》）

注释

① 鸷（zhì）禽：猛禽。

② 蜂虿（chài）：蜜蜂、毒虫之类。

③ 此句出自《诗经·邶风·谷风》。

大意

人们有一句俗话叫“才情”，才华生于情感，从未见过无情而有才者。慈母发自内心地疼爱她的幼儿，自然产生了抚育教养孩子的才能；人的手足出自本能地护卫头部和眼睛，所以产生了捍卫头目的能力。对民众毫无情感而能够以才华济世的，从古到今都没有这样的人。小人对国家、对君主、对民众，都是冷漠无情的，他的心思智力，不是用来济世，而是专用于伤民，就像猛禽的爪牙、毒虫的尖刺一样。才华啊，才华啊！《诗经》说：“民众若有危难，不惜一切地施以援手。”

不了解一个人的短处，不了解一个人的长处，不能发现一个人长处中的短处，不能发现一个人短处中的长处，那么就不能合理地使用人，也不能很好地教育人。用人，要用他的长处，避开他的短处；育人，要成就他的长处，帮他改掉短处。只有完全了解自己的短处，才能帮助别人改掉短处；只有不倚仗自己的长处，才能吸收别人的长处为己所用。否则，只能得到自己眼前看到的，只能得到自己所接近的。

点评

魏源生活在中国封建社会急剧衰败、开始沦为半封建半殖民地社会的历史转折时期。面对内忧外患，诗人龚自珍大声疾呼："我愿天公重抖擞，不拘一格降人才。"思想家魏源则以系统的论述，表达出内心的强烈期盼，那就是：希望一批又一批的人才挺身而出，力挽狂澜，济世救民。他的人才治国论，集中反映于《默觚》等著作里。本篇标题为编者所拟。

第一选段中"未有无情而有才者"的论断，不能不令我们想到林则徐，这位被魏源盛赞的民族英雄（魏源《道光洋艘征抚记》："西变以来，惟林公守粤，不调外省一兵一饷，而长城屹然。"）。林则徐一生事迹以及"苟利国家生死以，岂因祸福避趋之"的名言，确实印证了魏源的判断：正是对国家民族的深厚情感，使得他纵然身遭不公，仍初心不改。国家若想屹立不倒，必须以林则徐这样情深而才具的人才为支柱，而“有才无情”的小人当道，则会给国家带来深重的灾难。反观当时，朝堂之上，战阵之前，禄蠹丛生，大厦倾覆确实只是早晚的事。

第二选段，包含着几层意思：首先，用人用长，这是历代善于用人者共同的经验，而进一步提出“长处中的短处”与“短处中的长处”并存，就充满了辩证法的智慧。唐太宗曾提出“智者取其谋，愚者取其力，勇者取其威，怯者取其慎”（《帝范·审官》），“智者”之谋、“愚者”之力、“勇者”之威、“怯者”之慎，都是在某些场合下利于成事，而某些时候又不太合时宜的，如何让人才各得其所、各展其能，十分考验决策者的“知人”功夫。其次，欲“用人”必先“知人”，欲“教人”，也必先“知人”，要了解他人、教诲他人，不妨先从了解自身开始，毕竟人性相通，在非极端情况下，一般人的意愿行为，并不太难猜测并做出预判，这来自“推己及人”的古老教诲，也暗藏着“自以为非”的谦退精神。最后，就是用人、教人的过程，也是自身认知领域得到拓展的过程，避免囿于成见、防止错失良才，用人、教人者，宜时刻自警自省。

送礼者与受礼者一并从重治罪

《清实录·圣祖实录》

朕惟致治雍熙[①]，在于大小臣工，悉尚廉洁，使民生得遂。内外满汉文武官员，各有职守，必律己洁清，屏绝馈受，乃能恪恭职业，副朕任使[②]。近闻在外文武官，尚有因循陋习，借名令节生辰，剥削兵民，馈送督、抚、提、镇、司道等官[③]。督、抚、提、镇、司道等官复苛索属员，馈送在京部院大臣、科道等官[④]。在京官员，亦交相馈遗。前屡经严禁，未见悛改，殊违洁己奉公之义。兵民日渐困乏，职此之由。以后著痛加省改，断绝馈受，以尽厥职。如仍蹈前辙，事发之日，授受之人一并从重治罪，必不姑贷。

注释

① 致治：使国家在政治上安定清平。雍熙：和谐。

② 任使：差遣，委用。

③ 督：总督，清朝时统辖一省或数省行政、经济及军事的长官。抚：巡抚，清朝主管一省军政、民政的地方长官。提：提督，职掌军政，统辖诸镇，为地方武职最高长官。镇：镇将，各镇中主管军民的长官。司道：清朝时隶属于巡抚的专设机构，归巡抚管辖。

④ 部院：清代中央六部和都察院的合称。科道：明清六科给事中与都察院十三道监察御史的总称。

大意

我认为国家政治上的安定和谐，全在于大小官员崇尚廉洁，让百姓生活安定。朝廷内外的满汉文武官员各有各的职责，必须以清正廉洁要求自己，拒绝馈赠纳贿，这样才能恪守职责，与我委任的初衷相符。最近我听说在外的文武官员承袭旧的坏习惯，借着节令和生日的名义，剥削手下的士兵和百姓，并将这些钱财赠送给总督、巡抚、提督、镇将和司道等官。总督、巡抚、提督、镇将和司道等官又苛刻地勒索属下官吏，以馈送在京的各部院大臣、科道等官。在京的官员，也互相馈赠钱物。此前已多次严厉禁止这种行为，却不见悔改，严重违反了廉洁奉公的意义。如今，士兵和百姓日益贫困，原因就在于此。此后应该痛加反省改进，断绝互相馈赠之风，以尽各自的职责。如果仍和以前一样，事发的时候，送礼之人与接收礼物之人一并从重治罪，绝不轻饶。

点评

早在春秋时期，齐国贤相晏婴就指出："廉者，政之本也。"康熙九年（1670），是康熙皇帝亲理政务的第四年，也是飞扬跋扈一时的鳌拜集团被铲除的第二年，此时，这位励精图治的青年天子决心整肃官场，反腐成为第一要务。于是，康熙向吏部和兵部发出了这道上谕。上谕提到了为官者应具备的素质，举出了官场中贿赂成风的现象及危害，最后提出了"授受之人一并从重治罪"的反腐措施。有受贿是因为存在行贿，康熙对腐败问题的理解着实深刻，这种治乱除根的方法值得借鉴。本篇标题为编者所拟。